# STS

山田社

# STS

山田社

出擊！

大作戰！

閱讀中階版

吉松由美、田中陽子◎合著

サルでもわかる神業 カミワザ

小菜一碟！猴子也學得會！

日語自學

# Step 2

山田社
Shan Tian She

# 前言
## preface

選擇最聰明的閱讀秘笈，用最短的時間學好日語！
單字文法一手掌握，日籍金牌教師群為您打開日語閱讀的大門！
想要馬上看懂日語文章，你缺的就是這一本！

不知道該怎麼開始閱讀日語文章嗎？
市面上這麼多閱讀書，不知道該怎麼選嗎？
胡亂買了一堆書，卻不知從何讀起嗎？
放心！閱讀日文書，從這本開始準沒錯！

---

### 本書【4大必讀】

☞ 本書旨在培養「透視主旨的能力」，經過讀遍各種經過包裝的文章，就能找出公式、定理和脈絡並進一步活用，就是抄捷徑方式之一。

☞「解題攻略」掌握關鍵的解題技巧，確實掌握問題點及易錯點，說明完整詳細，答題準確又有效率，所有盲點一掃而空！

☞ 本書「單字及文法」幫您整理出初階閱讀必考的主題單字和重要文法，只要記住這些關鍵，閱讀不再驚慌失措！

☞「小知識」單元，將初階閱讀最常出現的各類主題延伸單字、文法表現、文化背景知識等都整理出來了！只要掌握本書小知識，就能讓您更親近日語，實力迅速倍增，進而提升閱讀能力！

## 1. 名師傳授，輕鬆開啟日語閱讀大門！

由多位長年在日本、持續追蹤新日檢的日籍金牌教師執筆編寫。無論是閱讀題型、文章內容、設問方式都完全符合現今日語閱讀書的趨勢。讓您徹底抓住文章重點，從此閱讀日文文章好輕鬆！

## 2. 精闢分析解題，一掃所有盲點！

閱讀文章總是看得一頭霧水、頭昏眼花？本書中每道試題都附上詳盡的分析解說，說明完整詳細，確實掌握問題點、難點及易錯點，所有盲點一掃而空！有了清楚的解題思路和技巧，絕對百分百掌握日語閱讀！

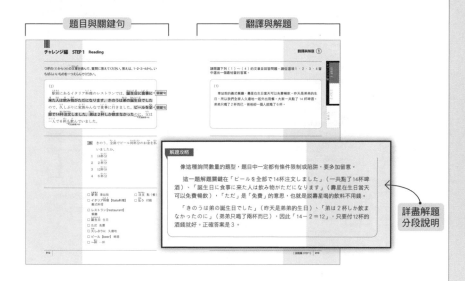

題目與關鍵句

翻譯與解題

詳盡解題
分段說明

### 3. 掌握相關單字、摸透所有文法！

每篇文章後都收錄了文中的同級單字和文法，單字、文法、閱讀同步掌握，就是要用最短的時間達到最好的學習效果！有了本書，就等於擁有一部小型單字書及文法辭典，絕對如虎添翼！

同級文法

同級單字

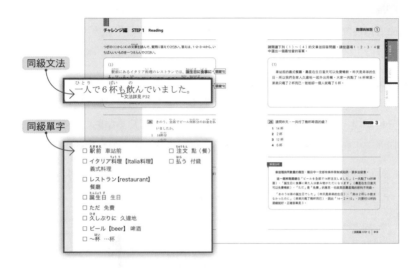

同級文法
萬用句型

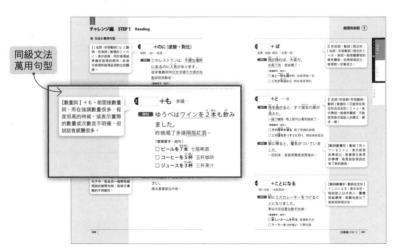

## 4. 小知識萬花筒，透視解題訣竅！

閱讀文章後附上的「小知識」，除了傳授解題訣竅及相關單字，另外更精選貼近日常生活的時事和文化相關知識，內容豐富多元。絕對讓您更切近日本文化、更熟悉道地日語，實力迅速倍增！

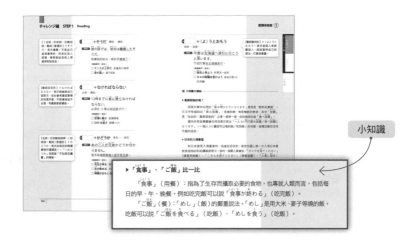

小知識

▶「食事」、「ご飯」比一比

「食事」（用餐）：指為了生存而攝取必要的食物，也專就人類而言，包括每日的早、午、晚餐。例如吃完飯可以說「食事が終わる」（吃完飯）。

「ご飯」（餐）：「めし」（飯）的鄭重說法。「めし」是用大米、麥子等燒的飯。吃飯可以說「ご飯を食べる」（吃飯）、「めしを食う」（吃飯）。

## 5. 最豐富的小專欄，學習效果百倍提升！

本書附有最豐富的小專欄，收錄了日本人日常生活的常用句及會話，生活、交友、旅遊、職場一把罩，以後無論遇到什麼主題的文章，都難不倒你啦！

# 目錄
[ contents ]

挑戰篇
## チャレンジ編

STEP
1

つぎの（1）から（4）の文章を読んで、質問に答えてください。答えは、1・2・3・4から、いちばんいいものを一つえらんでください。


（1）

　駅前にあるイタリア料理のレストランでは、誕生日に食事に来た人は飲み物がただになります。きのうは弟の誕生日でしたので、久しぶりに家族みんなで食事に行きました。ビールを全部で14杯注文しました。弟は2杯しか飲まなかったのに、父は一人で6杯も飲んでいました。


**26**　きのう、全部でビール何杯分のお金を払いましたか。

　　1　14杯分

　　2　2杯分

　　3　12杯分

　　4　6杯分

れんしゅう
練習 ①

STEP 1
チャレンジ編

STEP 2

応用編

(2)

　飛行機のチケットを安く買う方法をいくつか紹介しましょう。一つは２、３か月前に予約する方法です。でもこの場合、あとで予定を変えるのは難しいので、よく考えてから予約してください。もう一つは、旅行に行く２、３日前に買う方法です。まだ売れていないチケットが安く買えるかもしれませんが、席がなければ旅行に行けなくなるので、気をつけてください。

**27**　８月10日ごろに旅行に行こうと思っています。いつチケットを買うと、安く買えますか。

1　５月ごろか、８月７、８日ごろ

2　７月18日から20日ごろ

3　７月になってから

4　２月か３月

(3)

これは、田中さんから林さんに届いたメールです。

林さん

　お久しぶりです。お元気ですか。最近の大阪の天気

はどうですか。

　わたしは20日から、仕事で1週間、大阪に行くこと

になりました。

　大阪駅の近くに、おいしいフランス料理のレストラ

ンがあるそうですね。いっしょに食事をしたいです。

　わたしは23日の夜は、時間があります。

　林さんはその日はどうですか。お返事ください。

田中

**28**　林さんは田中さんに何を知らせなければなりませんか。

1　最近の大阪の天気がいいかどうか。

2　大阪駅の近くのレストランがいいかどうか。

3　23日に時間があるかどうか。

4　20日に時間があるかどうか。

(4)

　野菜や果物は体にとてもいい食べ物ですが、食べ過ぎはよくありません。野菜は1日に350グラム、果物は1日に200グラムぐらいがいいそうです。

　けさ、わたしはいちごを七つ食べました。一つ14グラムぐらいですから、七つで約100グラムです。お昼は果物が食べられませんでしたので、その代わりにサラダをたくさん食べました。晩ごはんのあとで、りんごを食べようと思っていますが、食べ過ぎには気をつけなければいけません。

29　この人は、きょうの夜どれぐらい果物を食べるとちょうどいいですか。

1　できるだけたくさん

2　350グラム

3　200グラム

4　100グラム

つぎの(1)から(4)の文章を読んで、質問に答えてください。答えは、1・2・3・4から、いちばんいいものを一つえらんでください。

---

(1)

　　駅前にあるイタリア料理のレストランでは、**誕生日に食事に**　←**關鍵句**
**来た人は飲み物がただになります。**きのうは弟の誕生日でしたので、久しぶりに家族みんなで食事に行きました。**ビールを全**　←**關鍵句**
**部で14杯注文しました。弟は2杯しか飲まなかった**のに、父は
└文法詳見 P20
一人で6杯も飲んでいました。
└文法詳見 P20

---

**26** きのう、全部でビール何杯分のお金を払
いましたか。

1　14杯分
2　2杯分
3　12杯分
4　6杯分

---

□ 駅前　車站前
□ イタリア料理【Italia料理】
　義式料理
□ レストラン【restaurant】
　餐廳
□ 誕生日　生日
□ ただ　免費
□ 久しぶりに　久違地
□ ビール【beer】啤酒
□ ～杯　…杯

□ 注文　點〈餐〉
□ 払う　付錢

請閱讀下列（1）～（4）的文章並回答問題。請從選項１・２・３・４當中選出一個最恰當的答案。

---

（1）

　　車站前的義式餐廳，壽星在生日當天可以免費暢飲。昨天是弟弟的生日，所以我們全家人久違地一起外出用餐。大家一共點了 14 杯啤酒。弟弟只喝了 2 杯而已，爸爸卻一個人就喝了 6 杯。

---

26 請問昨天，一共付了幾杯啤酒的錢？　　　　　　　　　Answer 3

　1　14 杯

　2　2 杯

　3　12 杯

　4　6 杯

---

解題攻略

　　像這種詢問數量的題型，題目中一定都有條件限制或陷阱，要多加留意。

　　這一題解題關鍵在「ビールを全部で14杯注文しました」（一共點了14杯啤酒）、「誕生日に食事に来た人は飲み物がただになります」（壽星在生日當天可以免費暢飲），「ただ」是「免費」的意思，也就是説壽星喝的飲料不用錢。

　　「きのうは弟の誕生日でした」（昨天是弟弟的生日）、「弟は２杯しか飲まなかったのに」（弟弟只喝了兩杯而已），因此「14－２＝12」，只要付12杯的酒錢就好。正確答案是３。

(2)

　飛行機のチケットを安く買う方法をいくつか紹介しましょう。
└文法詳見 P20
**一つは 2、3 か月前に予約する方法です。** でもこの場合、あとで ◁關鍵句
予定を変えるのは難しいので、よく考えてから予約してくださ
い。**もう一つは、旅行に行く 2、3 日前に買う方法です。** まだ ◁關鍵句
売れていないチケットが安く買えるかもしれませんが、席がな
ければ旅行に行けなくなるので、気をつけてください。
└文法詳見 P21

---

**27**　8 月 10 日ごろに旅行に行こうと思ってい
ます。いつチケットを買うと、安く買え
└文法詳見 P21
ますか。
1　5 月ごろか、8 月 7、8 日ごろ
2　7 月 18 日から 20 日ごろ
3　7 月になってから
4　2 月か 3 月

---

□ 飛行機　飛機
□ チケット【ticket】機
　票；票券
□ 方法　方法
□ 紹介する　介紹
□ 予約　預購；預約
□ 場合　情形；狀況
□ 予定　預定〈計畫〉
□ 変える　改變
□ 旅行　旅行

□ 席　位子

(2)

　　我來介紹幾個可以買到便宜機票的方法吧。其中一個方法是在 2、3 個月前預訂，不過在這個情況下，之後不好變更行程，所以請仔細考量再訂購。另外一個方法是在旅行前 2、3 天購買機票。也許能便宜買到還沒賣出去的機票，可是如果沒有座位就不能去旅行了，請多加留意。

---

**27** 預計在 8 月 10 號左右出發去旅行，請問什麼時候買機票比較便宜呢？

Answer **1**

**1** 5 月左右或 8 月 7 號、8 號左右
**2** 7 月 18 號到 20 號左右
**3** 7 月起
**4** 2 月或 3 月

---

### 解題攻略

　　問題關鍵在「いつ」（何時），要特別留意題目中出現的時間。另外，如果是在列舉介紹事物，「一つは～」（一個是～）、「もう一つは～」（另一個是～）出現的地方就是重點。

　　這篇文章是在說明買到便宜機票的方法，分別是「2、3 か月前に予約する方法」（方法是在兩三個月前預訂）和「旅行に行く 2、3 日前に買う方法」（方法是在旅行前兩三天購買），所以 8 月 10 日如果要旅行，可以提前 2、3 個月或是 2、3 天購買會比較便宜，也就是選項 1「5 月ごろか、8 月 7、8 日ごろ」。

　　「かもしれない」（或許…）表示說話者對於自己的發言、推測沒把握。「行ける」（能去）和「買える」（能買）是「行く」（去）、「買う」（買）的可能形。題目中「～と思っている」用於表示某人有某種想法、念頭。

(3)

これは、田中さんから林さんに届いたメールです。

林さん

　お久しぶりです。お元気ですか。最近の大阪の天気はどうですか。

　わたしは20日から、仕事で1週間、大阪に行く<u>こと</u>
<u>になりました</u>。
　└文法詳見 P21

　大阪駅の近くに、おいしいフランス料理のレストランがある<u>そうです</u>ね。いっしょに食事をしたいです。
　└文法詳見 P22

　**わたしは23日の夜は、時間があります。**
　**林さんはその日はどうですか。**お返事ください。

　　　　　　　　　　　　　　　　　　　　　　　田中

← 關鍵句

---

□ 届く　送達

□ メール【mail】電子郵件

□ お久しぶりです　好久不見

□ 大阪　大阪

□ ～週間　…週

□ フランス料理【France料理】法國料理

□ 夜　晚上

□ 返事　答覆

**28** 林さんは田中さんに何を知らせなければ
なりませんか。　└文法詳見 P22

1　最近の大阪の天気がいい<u>かどうか</u>。
　　　　　　　　　　　　　　└文法詳見 P22

2　大阪駅の近くのレストランがいいかどうか。

3　23日に時間があるかどうか。

4　20日に時間があるかどうか。

(3)

這是一封田中寫給林先生的電子郵件。

林先生

好久不見。近來可好？最近大阪的天氣如何呢？

我 20 日起要去大阪洽公一個禮拜。

聽說大阪車站的附近有很好吃的法式料理餐廳。我想和你一起吃頓飯。

我 23 日晚上有空。

你那天方便嗎？請回信給我。

田中

郵件倒數第二句「わたしは23日の夜は、時間があります」，接著問「林さんはその日はどうですか」。「そ」開頭的指示詞指的都是不久前才提到的事物，這個「その日」指的就是前一句提到的23日。

最後用表示請求的句型「〜ください」請林先生回信，所以林先生要告訴田中的是他23日有沒有空。

**28** 請問林先生必須要告訴田中什麼事情呢？　　　　Answer **3**

1 最近大阪的天氣好不好。

2 大阪車站附近的餐廳好不好。

3 23 日有沒有時間。

4 20 日有沒有時間。

**補充單字** 餐廳用餐

□ **外食**（がいしょく）外食，在外用餐
□ **御馳走**（ごちそう）請客；豐盛佳餚
□ **宴会**（えんかい）宴會，酒宴
□ **合コン**（ごう）聯誼

□ **歓迎会**（かんげいかい）歡迎會，迎新會
□ **送別会**（そうべつかい）送別會
□ おつまみ　下酒菜，小菜
□ レジ【register之略】收銀台

---

(4)

　野菜や果物は体にとてもいい食べ物ですが、食べ過ぎはよくありません。野菜は1日に350グラム、果物は1日に200グラムぐらいがいいそうです。 ＜關鍵句

　けさ、わたしはいちごを七つ食べました。一つ14グラムぐらいですから、七つで約100グラムです。 ＜關鍵句 お昼は果物が食べられませんでしたので、その代わりにサラダをたくさん食べました。晩ごはんのあとで、りんごを食べようと思っていますが、食べ過ぎには気をつけなければいけません。

└文法詳見 P23

---

**29** この人は、きょうの夜どれぐらい果物を食べるとちょうどいいですか。

1　できるだけたくさん

2　350グラム

3　200グラム

4　100グラム

---

□ 野菜　蔬菜　　　　　　　□ サラダ【salad】沙拉
□ 果物　水果
□ 食べ物　食物
□ 〜過ぎ　…過頭；…超過
□ グラム【gram】公克
□ いちご　草莓
□ 約〜　大約
□ その代わりに　取而代之地

(4)

　　蔬菜和水果雖然是對身體好的食物，但是如果吃太多就不好了。據說蔬菜一天攝取 350 公克，水果一天攝取 200 公克，這樣最理想。

　　今天早上我吃了 7 顆草莓。一顆重量是 14 公克左右，7 顆大約 100 公克。中午不能吃水果，所以取而代之地，我吃了很多沙拉。晚餐後我想吃蘋果，不過一定要小心過量。

---

**29** 請問這個人今晚要吃多少的水果才剛剛好呢？　　　　　Answer **4**

　**1** 吃越多越好

　**2** 350 公克

　**3** 200 公克

　**4** 100 公克

---

**解題攻略**

　　遇到「どれぐらい」（多少）的題型，就要留意數字。

　　問題焦點在「果物」（水果），所以只要看水果的部分。文章提到「果物は 1 日に200グラムぐらいがいいそうです」（據說水果一天攝取200公克左右最理想），所以選項 1、2 都是錯的。

　　第二段「けさ、わたしはいちごを七つ食べました。一つ14グラムぐらいですから、七つで約100グラムです」（今天早上我吃了 7 顆草莓。一顆重量是14公克左右，7 顆大約100公克），「200－100＝100」，今晚只需再吃100公克。

　　「～にいい」是「對…很好」，如果要表達某項事物是有害的，可以用「～に悪い」。

# チャレンジ編 STEP 1 Reading

**文法と萬用句型**

【[名詞・形容動詞]な；[動詞・形容詞]普通形】＋のに。表示逆接，用於後項結果違反前項的期待。或表示前項和後項呈現對比的關係。

**❶ ＿＿＿＿＋のに（逆接・對比）**

明明…、卻…、但是…

**例句** このレストランは、<u>不便な場所</u>にあるのに人気があります。

這家餐廳明明位於交通不方便的地點卻很受歡迎。

〔替換單字・短句〕
□ おいしくない　不好吃
□ 値段が高い　很貴

---

【數量詞】＋も。前面接數量詞，用在強調數量很多、程度很高的時候，或表示實際的數量或次數並不明確，但說話者感覺很多。

**❷ ＿＿＿＿＋も**　多達…

**例句** ゆうべは<u>ワインを2本</u>も飲みました。

昨晚喝了多達兩瓶紅酒。

〔替換單字・短句〕
□ ビールを7本　七瓶啤酒
□ コーヒーを5杯　五杯咖啡
□ ジュースを3杯　三杯果汁

---

【疑問詞】＋【名詞；形容動詞詞幹；[形容詞・動詞]普通形】＋か。當一個完整的句子中，包含另一個帶有疑問詞的疑問句時，則表示事態的不明確性。

**❸ ＿＿＿＿＋か**　疑問句為名詞

**例句** 外に誰がいるか見て来てください。

請去看看誰在外面。

**④** ＿＿＿＋ば

如果…的話、假如…、如果…就…

**例句** 雨が降れば、大変だ。

如果下雨，那就糟了！

〔替換單字・短句〕
□ あと一秒も遅けれ　如果再晚一秒
□ これが本当なら　假如這是真的

【[形容詞・動詞]假定形；[名詞・形容動詞]假定形】＋ば。敘述一般客觀事物的條件關係。如果前項成立，後項就一定會成立。

---

**⑤** ＿＿＿＋と　一…就

**例句** 角を曲がると、すぐ彼女の家が見えた。

一過了轉角，馬上就可以看到她家了。

〔替換單字・短句〕
□ その信号を渡る　過了那個紅綠燈
□ この道をまっすぐに行く　朝這條路直走

【[名詞・形容詞・形容動詞・動詞]普通形（只能用在現在形及否定形）】＋と。表示陳述一般條件關係，不能使用表示說話人的意志、請求、等。

**例句** 家に帰ると、電気がついていました。

一回到家，就發現電燈是開著的。

【動詞辭書形；動詞て形＋ている】＋と。表示前項如果成立，就會發生後項的事情，或是說話者因此有了新的發現。

---

**⑥** ＿＿＿＋ことになる

（被）決定…；也就是說…

**例句** 駅にエスカレーターをつけることになりました。

車站決定設置自動手扶梯。

〔替換單字・短句〕
□ 新しいホームを作る　修建新月台
□ クーラーをつけない　不開空調

【動詞辭書形；動詞否定形】＋ことになる。表示決定。指說話人以外的人、團體或組織等，客觀地做出了某些安排或決定。

**7** ＿＿＿＿＿＋そうだ　聽説…、據説…

【［名詞・形容詞・形動容詞・動詞］普通形】＋そうだ。表示傳聞。不是自己直接獲得的，而是從別人那裡、報章雜誌或信上等處得到該信息。

**例句** 彼の話では、彼女は離婚したそうだ。

根據他的説法，她似乎離婚了。

〔替換單字・短句〕
□ テニスが上手だ　很擅長打網球
□ 背が高い　個子很高

---

**8** ＿＿＿＿＿＋なければならない

必須…、應該…

【動詞否定形】＋なければならない。表示無論是自己或對方，從社會常識或事情的性質來看，不那樣做就不合理，有義務要那樣做。

**例句** 12時までに家に帰らなければならない。

必須在 12 點以前回家才行。

〔替換單字・短句〕
□ 空港に着か　抵達機場
□ DVD を返さ　歸還 DVD

---

**9** ＿＿＿＿＿＋かどうか　是否……與否

【名詞；形容動詞詞幹；［形容詞・動詞］普通形】＋かどうか。表示從相反的兩種事物中選擇其一。「～かどうか」前面接「不知是否屬實」的情報。

**例句** あの二人が兄弟かどうか分かりません。

我不知道那兩個人是不是兄弟。

〔替換單字・短句〕
□ 先生が来る　老師會不會來
□ 水が飲める　水能不能喝
□ 映画がおもしろい　電影是否有趣

## ⑩ ＿＿＿ ＋（よ）うとおもう

我想…、我要…

> **例句** 今度は北海道へ旅行に行こうと思います。
>
> 下回打算去北海道旅行。

【動詞意向形】＋（よ）うとおもう。表示説話人告訴聽話人，説話當時自己的想法、打算或意圖。

〔替換單字・短句〕

□ **彼氏と来よう** 和男友一起來

□ **Ｎ４の試験を受けよう** 參加日檢 N4 的測驗

---

### ✐ 小知識大補帖

#### ▶ 毫無限制的喝？

前面文章中出現的「飲み物がただになります」意思是 "飲料免費喝"。日文中有個詞叫「飲み放題」，是喝到飽、無限暢飲的意思，其中「放題」是 "自由的、毫無限制的" 之意。順帶一提，吃到飽則叫做「食べ放題」。

國內外某些餐廳會在特定節日祭出「一人 XX 円で飲み放題／食べ放題になります」（一個人 XX 圓就可以喝到飽／吃到飽）的活動，這種活動往往有不錯的成效。

#### ▶ 日本的入境審查

到日本接受入境審查時，為達反恐目的，規定外國人第一次入境日本要按食指指紋和拍攝臉部照片。這時，海關人員會説：「カメラを見てください」（請看照相機）、「こちらを見てください」（請看這邊）、「人差し指をここに置いてください」（請將食指按在這裡）。

#### ▶「食事」、「ご飯」比一比

「食事」（用餐）：指為了生存而攝取必要的食物，也專就人類而言，包括每日的早、午、晚餐。例如吃完飯可以説「食事が終わる」（吃完飯）。

「ご飯」（餐）：「めし」（飯）的鄭重説法。「めし」是用大米、麥子等燒的飯。吃飯可以説「ご飯を食べる」（吃飯）、「めしを食う」（吃飯）。

つぎの (1) から (4) の文章を読んで、質問に答えてください。答えは、1・2・3・4から、いちばんいいものを一つえらんでください。

(1)

　きょう、日本語のクラスを決めるためのテストがありました。取った点数で、入るクラスが決まります。80点以上の人はクラスA、79点〜60点はクラスB、59点〜30点はクラスC、29点以下はクラスDです。わたしはもう1年も日本語を勉強しているので、クラスBに入りたかったのですが、3点足りなくて入ることができませんでした。2か月後のテストで、また頑張りたいと思います。

**26**　この人はきょうのテストで何点取りましたか。

1　77点

2　57点

3　27点

4　　3点

(2)

　わたしの母は掃除が好きで、毎日どこかを掃除しています。でも、毎日、家中全部を掃除するのではなくて、月・水・金は玄関と台所、火・土はトイレ、木・日はおふろと庭、というように、何曜日にどこを掃除するか決まっています。わたしも時々手伝います。父は、家の掃除はあまり手伝ってくれませんが、月に2回ぐらい車を洗います。そのときは、わたしもいっしょに自分の自転車を洗います。

27　この人のお母さんがいちばんよく掃除するところはどこですか。

1　家中全部

2　玄関と台所

3　トイレ

4　車と自転車

(3)

これは、林さんから楊さんに届いたメールです。

---

楊さん

　あしたの夕方、黄さんといっしょに、カラオケに行きます。池袋の店に行こうと思っていますが、もしかしたら、新宿のほうにするかもしれません。

　カラオケの店では部屋を借ります。中では、飲んだり、食べたりもできます。前に行ったことがある黄さんの話では、外国の歌のカラオケもあるそうですよ。

　楊さんもいっしょに行きませんか。

　このメールを読んだら、返事をください。

林

---

**28**　あした、林さんが行くカラオケの店はどんな店ですか。

1　カラオケの店は池袋にしかありません。

2　外国の歌のカラオケもあるかもしれません。

3　部屋の中では歌うことしかできません。

4　外国の歌を歌うこともできます。

(4)

　もしもし、伊藤さんですか。田中です。あした、仕事のあ
と、会う約束でしたよね。わたしが伊藤さんを迎えに行こう
と思ったんですが、伊藤さんの会社の場所がよくわかりませ
ん。すみませんが、駅前のデパートまで出て来てもらえます
か。わたしはあしたは早く仕事が終わるので、先に買い物す
るつもりです。そのあとは、デパートの喫茶店で本でも読ん
で待っていますので、仕事が遅くなるようでしたら、6時ご
ろに一度お電話ください。よろしくお願いします。

29　田中さんはあした、伊藤さんとどこで会おうと思ってい
　　ますか。
　1　駅前のデパート
　2　伊藤さんの会社
　3　駅
　4　田中さんの会社

IIII

# チャレンジ編　STEP 1　Reading

つぎの(1)から(4)の文章を読んで、質問に答えてください。答えは、1・2・3・4から、いちばんいいものを一つえらんでください。

(1)

　きょう、日本語のクラスを決めるためのテストがありました。取った点数で、入るクラスが決まります。80点以上の人はクラスA、**79点〜60点はクラスB**、59点〜30点はクラスC、29 ◁ 關鍵句
点以下はクラスDです。わたしはもう1年も日本語を勉強しているので、**クラスBに入りたかったのですが、3点足りなくて入ることができませんでした。**　2か月後のテストで、また頑張りたいと思います。 ◁ 關鍵句

---

**26**　この人はきょうのテストで何点取りましたか。

1　77点

2　57点

3　27点

4　3点

---

□ クラス【class】班級
□ 決める　做決定
□ 取る　考取；拿
□ 点数　分數
□ 決まる　決定
□ 〜点　…分
□ 以上　以上
□ 以下　以下
□ 足りる　足夠
□ 頑張る　加油；努力

請閱讀下列（１）～（４）的文章並回答問題。請從選項１・２・３・４當中選出一個最恰當的答案。

(1)

　　今天有一場為了決定日文分班而舉行的考試。依照分數，決定進入的班級。拿到 80 分以上的人是 A 班，79 ～ 60 分是 B 班，59 ～ 30 分是 C 班，29 分以下是 D 班。我已經唸了一年的日語，所以想進去 B 班，可是差三分，沒有辦法進去。兩個月後的考試，我想再接再厲。

---

26 請問這個人今天的考試拿了幾分呢？　　　　　Answer 2

　**1** 77 分

　**2** 57 分

　**3** 27 分

　**4** 　3 分

---

解題攻略

　　這一題解題關鍵在「クラスＢに入りたかったのですが、3 点足りなくて入ることができませんでした」（我想進去Ｂ班，可是差三分，沒有辦法進去），從這句話可以得知這個人差 3 分就能進入Ｂ班，至於分到Ｂ班的條件是幾分呢？答案就在「79点～60点はクラスＢ」（79～60分是Ｂ班），也就是説，至少要拿到60分才可以進到Ｂ班，這個人差了 3 分，「60－3＝57」，所以這個人今天考了57分。正確答案是 2。

(2)

　わたしの母は掃除が好きで、毎日どこかを掃除しています。でも、毎日、家中全部を掃除するのではなくて、**月・水・金** ◁關鍵句 **は玄関と台所、火・土はトイレ、木・日はおふろと庭、**というように、何曜日にどこを掃除するか決まっています。わたしも時々手伝います。父は、家の掃除はあまり手伝ってくれませんが、月に2回ぐらい車を洗います。そのときは、わたしもいっしょに自分の自転車を洗います。

└文法詳見 P36

---

**27** この人のお母さんがいちばんよく掃除するところはどこですか。

1　家中全部

2　玄関と台所

3　トイレ

4　車と自転車

---

□ 掃除　打掃
□ 家中　家裡全部
□ 玄関　玄關
□ 台所　廚房
□ おふろ　浴室
□ 庭　庭院
□ 手伝う　幫忙
□ 自転車　腳踏車

(2)

　　我的媽媽很喜歡打掃，她每天都在打掃某個地方。不過，她不是天天都打掃整個家裡，她一、三、五打掃玄關和廚房，二、六是廁所，四、日是浴室和庭院，像這樣，固定禮拜幾就打掃哪裡。我有時也會幫忙。爸爸雖然不太幫忙打掃家裡，但他一個月大概會洗兩次車，這時候我也會一起清洗自己的腳踏車。

**27** 請問這個人的母親最常打掃的地方是哪裡？　　　　　Answer **2**

　**1** 家裡全部

　**2** 玄關和廚房

　**3** 廁所

　**4** 汽車和腳踏車

---

解題攻略

　　這一題題目問的是「この人のお母さん」（這個人的母親），所以只要注意針對「わたしの母」（我的媽媽）的敘述就好。此外，問題還特別限定是「いちばんよく掃除するところ」（最常打掃的地方），所以要統計出打掃頻率最高的地方。

　　文中寫道「…掃除する…、月・水・金は玄関と台所、火・土はトイレ、木・日はおふろと庭」（…打掃…，一、三、五是玄關和廚房，二、六是廁所，四、日是浴室和庭院），由此可知媽媽一個禮拜有三天打掃「玄関と台所」（玄關和廚房），兩天打掃「トイレ」（廁所）、兩天打掃「おふろと庭」（浴室和庭院），所以正確答案是2。

　　頻率副詞按照頻率高低排序：「よく（時常）＞時々（有時）＞たまに（偶爾）＞あまり（很少）＞全然（完全不）」，注意最後兩個都接否定。

(3)

これは、林さんから楊さんに届いたメールです。

> 楊さん
>
> 　あしたの夕方、黄さんといっしょに、カラオケに行きます。池袋の店に行こうと思っていますが、**もしかしたら、新宿のほうにするかもしれません。**
> ┗文法詳見 P37
> ┗文法詳見 P37
>
> 　カラオケの店では部屋を借ります。**中では、飲んだり、食べたりもできます。** 前に行ったことがある黄さんの話では、**外国の歌のカラオケもあるそうですよ。**
> ┗文法詳見 P37
>
> 　楊さんもいっしょに行きませんか。
>
> 　このメールを読んだら、返事をください。
> ┗文法詳見 P38
>
> 　　　　　　　　　　　　　　　　　林

關鍵句
關鍵句
關鍵句

---

□ 池袋　池袋

□ もしかしたら　或許；該不會

□ 新宿　新宿

□ ほう　那裡；那一帶

□ かもしれない　也許；可能

□ 借りる　借〈入〉

□ 読む　看；讀

**28** あした、林さんが行くカラオケの店はどんな店ですか。

1　カラオケの店は池袋にしかありません。

2　外国の歌のカラオケもあるかもしれません。

3　部屋の中では歌うことしかできません。

4　外国の歌を歌うこともできます。

(3)

這是一封林同學寫給楊同學的電子郵件。

楊同學

明天傍晚，我要和黃同學一起去唱 KTV。我打算去池袋店，不過或許會去新宿那邊也說不定。

我們要在 KTV 租包廂，在裡面可以吃吃喝喝。黃同學有去過，他說那裡也有外國的歌曲。

楊同學你要不要一起去呢？

看到這封電子郵件，請回覆我。

林

原句是「池袋の店に行こうと思っていますが、もしかしたら、新宿のほうにするかもしれません」，由此可知池袋和新宿都有分店。

由此可知包廂內可以飲食。

選項 2 是陷阱，「かもしれない」（也許…）表示不確切的推測，不過黃同學有去過KTV，他說KTV裡面也有外國歌曲，所以用表示不確定的「かもしれない」（可能）就不對了。

由此可知也可以唱外國歌曲。

「どんな」（什麼樣）用來詢問性質、狀態、樣式，所以要掌握題目當中對KTV的敘述。這一題建議用刪去法作答。

28 請問明天林同學要去的KTV是什麼樣的店呢？　　　　Answer　**4**

1 KTV 只有池袋才有。

2 可能也有外國歌曲。

3 在包廂中只能唱歌。

4 也可以唱外國歌曲。

**補充單字** 傳達與通知

□ 返事 回答，回覆
□ 電報 電報
□ 届ける 送達；送交

□ 送る 寄送；送行
□ 知らせる 通知，讓對方知道
□ 伝える 傳達，轉告

□ 連絡 聯繫，聯絡
□ 尋ねる 打聽；詢問
□ 調べる 調查；檢查

---

(4)

　もしもし、伊藤さんですか。田中です。あした、仕事のあ
と、会う約束でしたよね。**わたしが伊藤さんを迎えに行こうと** ◁ 關鍵句
**思ったんですが、伊藤さんの会社の場所がよくわかりません。**
**すみませんが、駅前のデパートまで出て来てもらえますか。** わ
たしはあしたは早く仕事が終わるので、先に買い物するつもり
です。そのあとは、デパートの喫茶店で本でも読んで待ってい └文法詳見 P38
ますので、仕事が遅くなるようでしたら、6時ごろに一度お電
話ください。よろしくお願いします。 └文法詳見 P39

---

29　田中さんはあした、伊藤さんとどこで会
　　おうと思っていますか。

1　駅前のデパート

2　伊藤さんの会社

3　駅

4　田中さんの会社

---

□ もしもし　〈電話裡的應答聲〉喂？
□ 約束　約會；約定
□ 迎える　〈迎〉接
□ 仕事　工作
□ 終わる　結束
□ 先に　先…

□ デパート【department store之略】百貨公司

(4)

　喂？請問是伊藤先生嗎？我是田中。我們約了明天下班後要見面對吧？我想去接伊藤先生您，不過，我不太清楚貴公司的位置。不好意思，可以請您到車站前的百貨公司嗎？我明天工作會提早結束，打算先去買東西，之後我想在百貨公司的咖啡廳看看書等您，所以如果您可能會晚下班的話，請先在６點左右給我一通電話。麻煩您了。

---

**29** 請問田中先生明天打算要在哪裡和伊藤先生碰面呢？

Answer **1**

**1** 車站前的百貨公司
**2** 伊藤先生的公司
**3** 車站
**4** 田中先生的公司

---

解題攻略

　問的是「どこ」（哪裡），要特別留意場所位置。這一題出現了「伊藤さんの会社」（伊藤先生的公司）、「駅前のデパート」（車站前的百貨公司）、「デパートの喫茶店」（百貨公司的咖啡廳）等地點，要小心陷阱。

　關鍵在「わたしが伊藤さんを迎えに行こうと思ったんですが、伊藤さんの会社の場所がよくわかりません。すみませんが、駅前のデパートまで出て来てもらえますか」（我想去接伊藤先生您，不過，我不太清楚貴公司的位置。不好意思，可以請您到車站前的百貨公司嗎），暗示他要去「駅前のデパート」（車站前的百貨公司）等伊藤，正確答案是１。

🖉 **文法と萬用句型**

---

【名詞の；動詞辭書形】＋
ため（に）。表示為了某
一目的，而有後面積極努
力的動作、行為，前項是
後項的目標。

## **1** ☐＋ため（に）

以…為目的，做…、為了…；因為…所以…

**例句** 私は、彼女のためなら何でもで
きます。

只要是為了她，我什麼都辦得到。

〔替換單字・短句〕
☐ **勝つ** 勝利
☐ **トップになる** 成為第一

---

【名詞の；〔動詞・形容詞〕
普通形；形容動詞詞幹な】
＋ため（に）。表示由於
前項的原因，引起後項的
結果。

**例句** 体が痛いため、私は行きませ
ん。

因為身體疼痛，所以我不去了。

〔替換單字・短句〕
☐ **台風の** 颱風來襲
☐ **面倒な** 很麻煩

---

【數量詞】＋も。前面接數
量詞，用在強調數量很多、
程度很高的時候，或表示實
際的數量或次數並不明確，
但説話者感覺很多。

## **2** ☐＋も　多達…

**例句** 私はもう30年も小学校の先生
をしています。

我已經擔任小學教師長達三十年了。

---

【動詞て形】＋くれる。表示
他人為我，或為我方的人做
前項有益的事，用在帶著感
謝的心情接受別人的行為時。

## **3** ☐＋てくれる　（為我）做…

**例句** 同僚がアドバイスをしてくれた。

同事給了我意見。

〔替換單字・短句〕
☐ **手伝って** 幫助
☐ **仕事のやり方を教えて** 教（我）工作
的作法

**❹**　□□□□ **＋（よ）うとおもう**

我想…、我要…

例句　水泳を習おうと思っている。

我想學游泳。

> 【動詞意向形】＋（よ）う
> とおもう。表示說話人告訴
> 聽話人，說話當時自己的想
> 法、打算或意圖，動作實現
> 的可能性很高。

---

**❺**　□□□□ **＋にする**　決定…、叫…

例句　この黒いオーバーにします。

（我）要這件黑大衣。

〔替換單字‧短句〕

□ あの青いスニーカー　那雙藍色運動鞋

□ リーダーは山中さん　（選）山中先生
　為領袖

□ 結婚はしないこと　（決定）不結婚

> 【名詞；副助詞】＋にする。常
> 用於購物或點餐時，決定
> 買某樣商品。或表示抉擇，
> 決定、選定某事物。

---

**❻**　□□□□ **＋たことがある**　曾…過

例句　僕はUFOを見たことがあるよ。

我有看過 UFO 喔。

〔替換單字‧短句〕

□ 日本に行った　去過日本

□ 天ぷらを食べた　吃過天婦羅

> 【動詞過去式】＋たことが
> ある。表示經歷過某個特
> 別的事件，且事件的發生
> 離現在已有一段時間。或
> 指過去的一般經驗。

【[名詞・形容詞・形容動詞・動詞]た形】＋ら。表示假定條件，當實現前面的情況時，後面的情況就會實現。

**7** ＿＿＿＿＿＋たら

要是…;如果要是…了、…了的話

**例句** 一億円があったら、このマンションを買います。

要是有一億圓的話，我就買這間公寓房子。

〔替換單字・短句〕
□ **結婚した** 結婚
□ **もう少し安かった** 再便宜一點

表示確定條件，知道前項一定會成立，以其為契機做後項。

**例句** 20歳になったら、お酒が飲める。

到了二十歲的話，就能喝酒了。

〔替換單字・短句〕
□ **祭の日だった** 如果是節慶日
□ **体が丈夫だった** 身體健康

【動詞辭書形】＋つもりだ。表示説話人的意志、預定、計畫等，也可以表示第三人稱的意志。有説話人的打算是從之前就有，且意志堅定的語氣。

**8** ＿＿＿＿＿＋つもりだ 打算…、準備…

**例句** 会社を休むつもりです。

打算向公司請假。

〔替換單字・短句〕
□ **勉強を続ける** 繼續學習
□ **仕事をやめる** 辭職

## 9　＿＿＿＋ようだ

像…一樣的、如…似的；好像…

**例句** 後藤さんは、お肉がお好きなようです。

後藤先生似乎喜歡吃肉。

〔替換單字・短句〕
- □ 先生の　是老師
- □ 優しい　很溫柔
- □ お金がある　很有錢

> 【名詞の；形容動詞詞幹な；[形容詞・動詞]普通形】＋ようだ。用在説話人從各種情況，來推測人或事物是後項的情況，通常是説話人主觀、根據不足的推測。

**例句** 彼に会えるなんて、まるで夢のようだ。

和他見面，簡直像夢一樣。

〔替換單字・短句〕
- □ 嘘の　騙人的
- □ 夢を見ている　作夢
- □ 金メダルを取れた　得到金牌一樣（開心）

> 【名詞の；動詞辭書形；動詞た形】＋ようだ。把事物的狀態、形狀、性質及動作狀態，比喻成一個不同的其他事物。

### ❗ 小知識大補帖

#### ▶ 卡拉 OK 豆知識

「カラオケ」（卡拉 OK、KTV）原來是指無人樂隊，早先是日本的一種歌唱活動，後來演變成音樂伴奏，電視螢幕上同時播放有節拍提示的歌詞，是一種受歡迎的大眾娛樂活動。

日本的「カラオケ」其實跟台灣的差不多，但比台灣的低調。一般日本上班族、同學，甚至是教授和學生都會相約一起去唱歌。跟喝酒一樣，藉由「カラオケ」可以拉近人與人之間的距離。

つぎの（1）から（4）の文章を読んで、質問に答えてください。答えは、1・2・3・4から、いちばんいいものを一つえらんでください。

（1）

　ホテルの部屋から電話をかける場合、ホテルがある京都市内とそれ以外とでは、料金が違います。京都市内にかける場合は、3分10円です。京都市以外のところにかける場合は、3分80円です。外国へかける場合は、1分200円かかります。部屋の電話を使った方は、チェックアウトのときに、フロントで電話代を払ってください。電話のかけ方など、わからないことがあったら、いつでもフロントに聞いてください。

**26** ホテルの部屋から、大阪市にいる妹に3分、アメリカの友だちにも3分、電話をかけました。いくら電話代を払いますか。

1　10円

2　80円

3　280円

4　680円

(2)

　英語に「ジューンブライド」ということばがあります。「6月の花嫁」という意味で、西洋では、6月に結婚した女性は幸せになると言われています。しかし、6月に雨の多い日本では、6月の結婚はあまり多くなく、下から5番目だそうです。日本で結婚する人がいちばん多いのは3月で、次に11月、10月となっています。反対に少ないのは1月、8月、9月で、天気のいい春や秋に結婚する人が多く、寒い冬や暑い夏は少ないことがわかります。

27 日本で、結婚する人が3番目に多いのは何月ですか。

1　11月

2　10月

3　3月

4　1月、8月、9月

(3)

市民プールの入り口に、このお知らせがあります。

---

## 市民プールのご利用について

・プールの利用時間は午前9時から午後5時までです。

・毎週月曜日は休みです。

・料金は1回2時間までで400円です。

・11回ご利用できる回数券を4000円で買うことができます。

・先に準備運動をしてから入りましょう。

・先にシャワーを浴びてから入りましょう。

・お酒を飲んだあとや、体の具合がよくないときは、入ってはいけません。

---

28　このお知らせから、市民プールについてわかることは何ですか。

1　学校が休みの日は、市民プールは使えません。

2　12回利用したい場合、回数券を買うとお金は全部で4,800円かかります。

3　400円で何時間でも泳ぐことができます。

4　酔っている人や病気の人は入ってはいけません。

(4)

　このお店では、100円の買い物をすると、ポイントが1点もらえます。ポイントを集めると、プレゼントをもらうことができます。5点集めるとコップ、10点ならお皿、20点ならお弁当箱を入れる袋、25点ならお弁当箱がもらえます。今、いちばん人気があるのはお弁当箱で、特に幼稚園や小学生の子どもはみんなこれをほしがります。


29　今、ポイントが18点あります。娘のためにお弁当箱をもらいたいと思います。あといくらの買い物をしないといけませんか。

　1　100円

　2　200円

　3　500円

　4　700円

---

つぎの(1)から(4)の文章を読んで、質問に答えてください。答えは、1・2・3・4から、いちばんいいものを一つえらんでください。

(1)

　　ホテルの部屋から電話をかける場合、ホテルがある京都市内とそれ以外とでは、料金が違います。京都市内にかける場合は、３分10円です。京都市以外のところにかける場合は、３分80円です。外国へかける場合は、１分200円かかります。部屋の電話を使った方は、チェックアウトのときに、フロントで電話代を払ってください。電話のかけ方など、わからないことがあったら、いつでもフロントに聞いてください。

└文法詳見 P52

└關鍵句

---

**26** ホテルの部屋から、大阪市にいる妹に３分、アメリカの友だちにも３分、電話をかけました。いくら電話代を払いますか。

1　10円　　　　2　80円

3　280円　　　4　680円

---

□ 電話をかける　打電話　　　□ 電話代　電話費

□ ホテル【hotel】飯店　　　□ 妹　妹妹

□ 京都　京都

□ 市内　市區

□ 以外　以外

□ 料金　費用

□ チェックアウト
　【checkout】退房

□ フロント【front】櫃台

請閱讀下列（1）～（4）的文章並回答問題。請從選項1・2・3・4當中選出一個最恰當的答案。

（1）

　　若從飯店的房間撥電話出去，撥給飯店所在的京都市區的費用和其他地方是不同的。撥到京都市區是三鐘10圓。撥到京都市以外的地區，三分鐘80圓。國際電話一分鐘的花費是200圓。使用房間電話的貴賓請在退房時至櫃台繳交電話費。如果有不明白的地方，如電話撥打方式等，敬請隨時詢問櫃台。

26 從飯店分別打給住在大阪市的妹妹以及人在美國的朋友，各講了三分鐘的電話。請問電話費要付多少錢？

Answer　4

**1** 10圓　　　**2** 80圓

**3** 280圓　　**4** 680圓

解題攻略

　　這是一則説明電話費的短文。問題是在問「いくら」（多少），所以我們只要把焦點放在和金額相關的資訊就好。

　　根據本文可以整理出以下的電話計費方式：京都市三分鐘10圓。京都市以外三分鐘80圓。國外一分鐘200圓。

　　問題設了兩個條件：打到大阪市（＝京都市以外的地區）三分鐘，以及打到美國（＝國外）三分鐘，利用上面的資訊可以算出「80＋200×3＝680」，總共要付680圓，正確答案是4。

(2)

　英語に「ジューンブライド」ということばがあります。「6月の花嫁」という意味で、西洋では、6月に結婚した女性は幸せになると言われています。しかし、6月に雨の多い日本では、6月の結婚はあまり多くなく、下から5番目だそうです。**日本で結婚する人がいちばん多いのは3月で、次に11月、10月となっています。** 反対に少ないのは1月、8月、9月で、天気のいい春や秋に結婚する人が多く、寒い冬や暑い夏は少ないことがわかります。

└文法詳見P52

← 關鍵句

27 日本で、結婚する人が3番目に多いのは何月ですか。

1 11月

2 10月

3 3月

4 1月、8月、9月

□ 英語　英文
□ ジューンブライド【June bride】　六月新娘
□ ことば　語詞
□ 花嫁　新娘
□ 西洋　西洋
□ 幸せ　幸福
□ ～番目　第…個
□ 反対に　相對地

(2)

英文裡面有個字叫「June bride」，意思是「6月新娘」，在西洋，傳說6月結婚的女性會獲得幸福。可是，在6月多雨的日本，選在6月結婚的人並不太多，聽說6月是舉辦婚禮月份排名中的倒數第5名。在日本最多人結婚的月份是3月，接著是11月、10月，反之，較少人結婚的是1月、8月、9月，由此可知選在天氣較好的春天、秋天結婚的人較多，在寒冬或炎夏結婚的人則為少數。

---

**27** 在日本，結婚人數第三多的月份是幾月？　　　　　　Answer **2**

**1** 11月

**2** 10月

**3** 3月

**4** 1月、8月、9月

---

**解題攻略**

這一題問的是「日本で3番目に多い」（在日本結婚人數第三多），所以要留意日本方面排序的順序，特別是一些常見的排序說法，像是「いちばん～」（最…）、「上から～番目」（從上面數來第…個）、「下から～番目」（從下面數來第…個）、「次に」（其次）…等等。

文章中提到「日本で結婚する人がいちばん多いのは3月で、次に11月、10月となっています」（在日本最多人結婚的月份是3月，接著是11月、10月），說明最多的是3月，第二多是11月，第三多是10月。所以正確答案是2。

(3)

市民プールの入り口に、このお知らせがあります。

---

### 市民プールのご利用について

・プールの利用時間は午前9時から午後5時までです。

・毎週月曜日は休みです。　　　　　　　　　　　　　←［關鍵句］

・料金は1回2時間までで400円です。　　　　　　　←［關鍵句］

・11回ご利用できる回数券を4000円で買うことができます。　←［關鍵句］
　　　　　　　　　　　　　　└文法詳見 P53

・先に準備運動をしてから入りましょう。

・先にシャワーを浴びてから入りましょう。

・お酒を飲んだあとや、体の具合がよくないときは、入っ　←［關鍵句］
　てはいけません。
　　└文法詳見 P53

---

□ 〜回　…次
□ 回数券　回數票
□ 準備運動　暖身運動
□ 休みの日　休假日
□ 泳ぐ　游泳
□ 酔う　酒醉
□ 病気　生病

[28] このお知らせから、市民プールについて
わかることは何ですか。

1　学校が休みの日は、市民プールは使え
　ません。

2　12回利用したい場合、回数券を買うと
　お金は全部で4,800円かかります。

3　400円で何時間でも泳ぐことができます。

4　酔っている人や病気の人は入ってはい
　けません。

（3）

市民游泳池的入口有這張公告。
市民游泳池的使用注意事項
・游泳池開放時間是上午 9 點到下午 5 點。
・每週一公休。
・費用是一次兩小時，400 圓。
・可以購買回數票，11 次 4000 圓。
・請先做好暖身運動再下水。
・請先沖澡再下水。
・飲酒後或身體不適時，請勿下水。

這一題必須用刪去法作答。

選項 1，「學校放假」指的是星期六、日，可是游泳池沒營業的時間是每週一。

選項 3，時間限制是兩小時。

選項 2，花4000圓買回數票可以游11次，如果想游12次就是買一本回數票再單買一張門票（400圓），4000＋400＝4400（圓）。

選項 4，「酔っている」＝「お酒を飲んだ」，「病気」＝「体の具合がよくない」，因此正確答案是 4。

---

**28** 根據這張公告，請問可以知道有關市民游泳池的什麼事呢？

Answer **4**

**1** 學校放假時，不能使用市民游泳池。

**2** 如果想游 12 次，買回數票一共要付 4800 圓。

**3** 花 400 圓可以游好幾個鐘頭。

**4** 酒醉或生病的人不能下水。

---

**補充單字** 理解

□ …について　關於
□ なるほど　的確；原來如此
□ 経験（けいけん）　經驗，經歷

□ 説明（せつめい）　說明
□ 承知（しょうち）　知道；接受
□ 受ける（う）　接受；受到

□ 構う（かま）　在意，理會
□ 嘘（うそ）　謊話；不正確

---

(4)

　このお店では、**100円の買い物をすると、ポイントが1点も** ◁ 關鍵句
　　　　　　　　　　　　　　　└文法詳見 P53
**らえます。** ポイントを集めると、プレゼントをもらうことがで
きます。5点集めるとコップ、10点ならお皿、20点ならお弁当
箱を入れる袋、**25点ならお弁当箱がもらえます。** 今、いちばん ◁ 關鍵句
人気があるのはお弁当箱で、特に幼稚園や小学生の子どもはみ
んなこれをほしがります。
└文法詳見 P53

---

**29** 今、ポイントが18点あります。娘のため
　　　　　　　　　　　　　　　　└文法詳見 P54
　　にお弁当箱をもらいたいと思います。あ
　　といくらの買い物をしないといけません
　　か。

　　1　100円

　　2　200円

　　3　500円

　　4　700円

---

□ ポイント【point】點數　　　　□ 娘　女兒

□ もらう　得到

□ 集める　收集

□ プレゼント【present】
　　禮物

□ 弁当箱　便當盒

□ 幼稚園　幼稚園

□ 小学生　小學生

□ ほしがる　想要

(4)

　本店消費 100 圓可以得到 1 點。收集點數可以兌換贈品。 5 點可以換杯子，10 點可以換盤子，20 點可以換便當袋，25 點可以換便當盒。現在最受歡迎的是便當盒，特別是幼稚園和國小的孩童，大家都很想要這個。

---

[29] 我到目前為止收集了18點。我想換便當盒給我的女兒，請問還要消費多少錢才行呢？

Answer **4**

**1** 100 圓

**2** 200 圓

**3** 500 圓

**4** 700 圓

---

解題攻略

　這是一篇介紹消費集點、兌換贈品的短文。這一題問題設了點數條件並詢問還差多少錢才能集滿點數，所以要同時留意點數和金額的資訊。

　先來看看集點規則，從第 1 行的「100円の買い物をすると、ポイントが 1 点もらえます」（本店消費100圓可以得到 1 點）可以得知消費滿100圓可以獲得 1 點。

　接下來是點數與贈品的部分。現在有18點，想換便當盒，兌換便當盒需要25點，「25－18＝ 7 」，所以還差 7 點。每100圓才能獲得 1 點，「 7 × 100 ＝ 700 」，所以還要再買700圓的東西才能集到25點換便當盒。正確答案是 4 。

✎ 文法と萬用句型

【名詞・形容詞・形容動詞・動詞】た形】＋ら。表示假定條件，當實現前面的情況時後面的情況就會實現。

## ❶ ☐ ＋たら

要是…；如果要是…了、…了的話

**例句** いい天気だったら、富士山が見えます。

要是天氣好，就可以看到富士山。

表示確定條件，知道前項一定會成立，以其為契機做後項。

**例句** 宿題が終わったら、遊びに行ってもいいですよ。

等到功課寫完了，就可以去玩了喔。

---

【名詞；普通形】＋という。前面接名詞，表示後項的人名、地名等名稱。

## ❷ ☐ ＋という  叫做…

**例句** 今朝、光という人から電話がかかって来ました。

今天早上，有個叫光的人打了電話來。

〔替換單字・短句〕
□ 朝日・会社 朝日・公司

用於針對傳聞、評價、報導、事件等內容加以描述或說明。

**例句** 強い地震が起きたというニュースを見た。

看到發生了大地震的新聞。

〔替換單字・短句〕
□ 関東地方は梅雨入り 關東地區進入梅雨季
□ ロボットが自殺した 機器人自殺了

チャレンジ編 STEP 1 STEP 2 応用編

**3** ＋ことができる　能…、會…

例句　屋上でテニスをやることができます。

在屋頂上可以打網球。

〔替換單字・短句〕
□ バーベキューをする　烤肉
□ 洗濯物を干す　晾衣服

【動詞辭書形】＋ことができる。表示在外部的狀況、規定等客觀條件允許時可能做。或表示技術上、身體的能力上，是有能力做的。這種說法比「可能形」還要書面語一些。

---

**4** ＋てはいけない

不准…、不許…、不要…

例句　人の失敗を笑ってはいけない。

不可以嘲笑別人的失敗。

〔替換單字・短句〕
□ 弱いものを苛めて　欺負弱小
□ 庭を壊して　破壞庭院
□ ここに駐車して　在此停車

【動詞て形】＋はいけない。表示禁止，基於某種理由直接表示不能做前項事情。一般限於用在上司對部下、長輩對晚輩。也用在交通標誌、禁止標誌等。

---

**5** ＋と　一…就

例句　このボタンを押すと、切符が出てきます。

一按這個按鈕，票就出來了。

【［名詞・形容詞・形容動詞・動詞］普通形（只能用在現在形及否定形）】＋と。表示陳述人和事物的一般條件關係，常用在機械的使用方法、自然的現象等情況。

---

**6** ＋がる

覺得…、想要…

例句　妻がきれいなドレスをほしがっています。

妻子很想要一件漂亮的洋裝。

【［形容詞・形容動詞］詞幹】＋がる。表示某人說了什麼話或做了什麼動作，而給說話人留下這種想法，「がる」的主體一般是第三人稱。

【名詞の；動詞辭書形】＋ため（に）。表示為了某一目的，而有後面積極努力的動作、行為，前項是後項的目標。

### 7 ☐ ＋ため（に）

以…為目的·做…、為了…；因為…所以…

**例句** 世界を知るために、たくさん旅行をした。

為了了解世界，到各地去旅行。

**例句** 指が痛いため、ピアノが弾けない。

因為手指疼痛而無法彈琴。

【名詞の；［動詞・形容詞］普通形；形容動詞詞幹な】＋ため（に）。表示由於前項的原因，引起後項的結果。

## ⚡ 小知識大補帖

### ▶寂寞商機

根據 2010 年日本官方統計，將近六成的適婚年齡女性都是未婚，有人認為這是由於「社会進出」（外出工作），也有人說這是因為「収入格差」（貧富差距）的擴大，更有人覺得這和抱持「独身主義」（單身主義）的人增加有關。

為了解決想結婚而苦無對象的窘境，近年來「婚活」越來越盛行了！「婚活」是「結婚活動」的簡稱，也就是相親聯誼活動，基本上分成兩種。一種是「婚活サイト」（婚活網站），由每位「会員」（會員）放上自己的「写真」（照片）和「プロフィール」（資料），再自行和有好感的對象聯繫。另一種是參加業者舉辦的「婚活パーティー」（婚活宴會），也就是大型的「合コン」（聯誼）。

不管是因為沒有新的「出会い」（邂逅），還是「理想が高い」（太挑）而找不到好對象，有了婚活，終於不用再期待轉角遇到愛了！

▶ **集點風潮**

　　許多商店會定期推出「ポイント収集活動」（集點活動），只要購物到一定的金額就能獲得點數，收集到的點數可以兌換獎品，有時候這些獎品甚至能「ブームを起こす」（帶動流行）。

　　沉迷於某項事物時，可以用句型「〜にはまる」（沉迷於…）來表示，這是「〜に夢中になる」的通俗用法，意思是熱衷到無法自拔。例如沉迷於集點活動，則可以説「最近ポイント収集にはまっている」（我最近沉迷於集點活動）。

つぎの（1）から（4）の文章を読んで、質問に答えてください。答えは、1・2・3・4から、いちばんいいものを一つえらんでください。

(1)

　陳さんの家の玄関に、郵便局からのメモが貼ってありました。

---

陳　永輝　様

　　きょう、小包をお届けに来ましたが、家にだれもいらっしゃいませんでしたので、局に持ち帰りました。

　　あしたの夕方、もう一度お届けします。

　　もし、あしたも、家にいらっしゃらない場合は、局で預かることになりますので、お電話ください。

9月12日　さくら郵便局　　電話　03-1234-3456

---

26　陳さんはあしたも朝から出かけます。きょう、何をしたほうがいいですか。

　1　家に早く帰ります。

　2　家に電話します。

　3　郵便局に行きます。

　4　郵便局に電話します。

(2)

　レストランの入り口に、このお知らせがあります。

---

### レストラン・ケラケラ

★ イタリア料理のレストランです。おいしいピザやスパ

　 ゲッティをどうぞ。

★ 昼は午前11時から午後 2 時まで、夜は午後 6 時から午後

　 9 時までです。（土・日は午後11時まで）

★ お酒は夜だけあります。

★ 駐車場はありません。電車やバスをご利用ください。

---

27　このレストランについて、正しい文はどれですか。

1　このレストランではおすしも食べられます。

2　午後はずっと店に入れません。

3　お昼にお酒を飲むことはできません。

4　自分の車で行ってもいいです。

(3)

　これは最近よく売れているコーヒーです。ミルクと砂糖が入っているので、お湯を入れればすぐに飲めます。あまり甘くなくて、わたしにはちょうどいいのですが、甘いコーヒーが好きな人は、砂糖をスプーン1杯ぐらい入れるといいかもしれません。コンビニでも買うことができますので、コーヒーが好きな人は一度飲んでみてください。

**28**　このコーヒーは、どうすれば飲むことができますか。

1　ミルクと砂糖を入れるだけで飲めます。

2　お湯を入れるだけで飲めます。

3　砂糖をスプーン1杯入れるだけで飲めます。

4　何も入れなくても飲めます。

(4)

　木下さんは、さくら町にある○○銀行で働いています。でも、営業が仕事なので、あまり銀行の中にはいません。いつも朝から自転車で、さくら町の工場やお店をひとつひとつ訪ねて、そこの人たちから、お金についての相談を受けます。そして、夕方ごろ、銀行に戻ります。

29　木下さんの仕事について、正しい文はどれですか。

1　銀行の中で、工場や店の人と相談します。

2　いつも車で工場や店を見に行きます。

3　よくお金についての試験を受けます。

4　朝から夕方までさくら町のあちらこちらに行きます。

つぎの(1)から(4)の文章を読んで、質問に答えてください。答えは、1・2・3・4から、いちばんいいものを一つえらんでください。

---

### (1)

陳さんの家の玄関に、郵便局からのメモが貼ってありました。

---

陳　永輝　様

　きょう、小包をお届けに来ましたが、家にだれもいらっしゃいませんでしたので、局に持ち帰りました。

　あしたの夕方、もう一度お届けします。

もし、あしたも、家にいらっしゃらない場合は、局で預かることになりますので、お電話ください。
└文法詳見 P68　└文法詳見 P68

9月12日　さくら郵便局　電話　03-1234-3456

◁ 關鍵句

---

26 陳さんはあしたも朝から出かけます。きょう、何をしたほうがいいですか。

1　家に早く帰ります。

2　家に電話します。

3　郵便局に行きます。

4　郵便局に電話します。

---

□ メモ【memo】 通知單；備忘錄

□ 貼る 張貼

□ 様 表對他人的敬意，可譯作「…先生」、「…女士」

□ 小包 包裹

□ お届けする 送達

□ 持ち帰る 帶回去

□ 夕方 傍晚

□ 預かる 保管

請閱讀下列（1）～（4）的文章並回答問題。請從選項1・2・3・4當中選出一個最恰當的答案。

---

（1）

　陳先生家的玄關貼了張郵局的通知單。

---

> 陳 永輝 先生
>
> 　今天前來投遞您的包裹，不過由於無人在家，所以先拿回局裡。
>
> 　明天傍晚會再投遞一次。
>
> 　如果明天也不在家，我們將會把包裹寄放在局裡，請來電洽詢。
>
> 9月12日 櫻花郵局 電話 03-1234-3456

---

26 陳先生明天也是一大早就外出，請問今天他
　　應該要做什麼才好呢？

1　早點回家。　2　打電話給家裡。

3　去郵局。　　4　打電話給郵局。

---

解題攻略

　這是一張郵局通知單。既然是問要採取什麼樣的行動，可見題目裡面應該有指示，要特別注意「～ください」這種表示請求的句型。

　問題關鍵在「陳さんはあしたも朝から出かけます」（陳先生明天也是一大早就外出），指出陳先生明天也不能在家等包裹。文中提到「もし、あしたも、家にいらっしゃらない場合」（如果明天也不在家），後面的「局で預かることになりますので、お電話ください」（將會把包裹寄放在局裡，請來電洽詢）就是答案了，特別是「お電話ください」（請來電洽詢）這句指示。正確答案是4。

(2)

　レストランの入り口に、このお知らせがあります。

---

### レストラン・ケラケラ

★ イタリア料理のレストランです。おいしいピザやスパ
　　ゲッティをどうぞ。

★ 昼は午前11時から午後 2 時まで、夜は午後 6 時から午後
　　9 時までです。（土・日は午後11時まで）

★ お酒は夜だけあります。　　　　　　　　　　　　　◄── 關鍵句

★ 駐車場はありません。電車やバスをご利用ください。

---

**27**　このレストランについて、正しい文はど
　　　れですか。

1　このレストランではおすしも食べられます。
　　　　　　　　　　　　　　　　　　└文法詳見 P68
2　午後はずっと店に入れません。
3　お昼にお酒を飲むことはできません。
4　自分の車で行ってもいいです。
　　　　　　　　　　　└文法詳見 P69

---

□ 入り口　入口
□ お知らせ　公告
□ ピザ【pizza】披薩
□ スパゲッティ【（意）
　　spaghetti】義大利麵
□ どうぞ　請享用
□ 駐車場　停車場
□ 電車　電車
□ おすし　寿司

□ ずっと　長時間；
　　　　　一直

(2)

餐廳入口有一張公告。

---

### 哈 哈 餐 廳

★ 本店是義式料理餐廳。請享用美味的披薩或義大利麵。

★ 上午從11點營業至下午2點，晚上從6點營業到9點。
（六、日營業至晚上11點）

★ 酒類只在晚上提供。

★ 無附設停車場。敬請搭乘電車或公車。

---

**27** 針對這間餐廳，請問下列敘述何者正確？ 　　Answer **3**

1 這間餐廳可以吃得到壽司。

2 下午無法進入餐廳。

3 白天不能喝酒。

4 可以開自己的車前往。

---

**解題攻略**

這是有關餐廳的說明。遇到「正しい文はどれですか」（下列敘述何者正確）這種題型，一定要先把文章看熟，再用刪去法作答。

選項1是錯的，從第1點「イタリア料理のレストランです」（本店是義式料理餐廳）可以得知這家餐廳提供的是義式料理，「おすし」（壽司）是日本料理，在這裡吃不到。

從第2點可知餐廳的營業時間是「11：00～14：00」、「18：00～21：00」（週末到23：00），下午時段並非完全不能進去，所以選項2也是錯的。

第3點提到「お酒は夜だけあります」（酒類只在晚上提供），所以白天沒有供酒，選項3是正確的。

最後一點提到「駐車場はありません」（無附設停車場）、「電車やバスをご利用ください」（敬請搭乘電車或公車），所以選項4也錯誤。

(3)

　これは最近よく売れているコーヒーです。ミルクと砂糖が入っ　◁關鍵句

ているので、お湯を入れればすぐに飲めます。あまり甘くなく
└文法詳見 P69

て、わたしにはちょうどいいのですが、甘いコーヒーが好き

な人は、砂糖をスプーン1杯ぐらい入れるといいかもしれませ

ん。コンビニでも買うことができますので、コーヒーが好きな
└文法詳見 P69

人は一度飲んでみてください。
└文法詳見 P69

---

□ よく売れる　熱賣

□ ミルク【milk】奶精；牛奶

□ 砂糖　糖

□ お湯　熱水

□ すぐに　馬上

□ ちょうど　剛剛好

□ スプーン【spoon】茶匙；湯匙

□ コンビニ【convenience store之略】便利商店

28　このコーヒーは、どうすれば飲むことができますか。

1　ミルクと砂糖を入れるだけで飲めます。

2　お湯を入れるだけで飲めます。

3　砂糖をスプーン1杯入れるだけで飲めます。

4　何も入れなくても飲めます。
└文法詳見 P70

（3）

　這是最近很暢銷的咖啡。裡面已經含有奶精和砂糖，所以只要加入熱水，馬上就能飲用。喝起來不會太甜，很適合我的口味，不過喜歡甜一點的人，或許可以加一茶匙左右的砂糖。這款咖啡在超商也能買到，喜歡咖啡的人請買來喝喝看。

> 「売れている」意思是「（目前）熱賣」。

> 原文是「ミルクと砂糖が入っているので、お湯を入れればすぐに飲めます」，由此可知咖啡只要用熱水沖泡，馬上就能喝。「〜が入っている」（內含…）是從自動詞「入る」（含有）變來的，他動詞「〜を入れる」（放入）才是「放入」的意思，可別被騙了。此外，其他選項都沒有提到熱水，所以都是錯的。

> 這是一篇介紹某品牌咖啡喝法的短文。「どうすれば」（如何）用來詢問方法，也可以說「どのようにすれば」（如何）。

> 「わたしには」的「に」表示「對…來說…」。

---

**28** 請問這款咖啡要怎樣才能飲用呢？

Answer **2**

1　只放奶精和砂糖就能飲用。
2　只放熱開水就能飲用。
3　只放一茶匙的砂糖就能飲用。
4　什麼都不放就能飲用。

---

**補充單字** 過去、現在、未來

☐ 最近（さいきん）　最近
☐ 最後（さいご）　最後
☐ 最初（さいしょ）　最初，首先
☐ さっき　剛剛，剛才
☐ 夕べ（ゆうべ）　昨晚
☐ 今夜（こんや）　今晚

☐ ただいま　現在；馬上；我回來了
☐ 昔（むかし）　以前
☐ 将来（しょうらい）　將來
☐ この間（あいだ）　最近；前幾天

(4)

　木下さんは、さくら町にある〇〇銀行で働いています。でも、営業が仕事なので、あまり銀行の中にはいません。**いつも** ←關鍵句 **朝から自転車で、さくら町の工場やお店をひとつひとつ訪ねて、そこの人たちから、お金についての相談を受けます。そして、夕方ごろ、銀行に戻ります。**

---

29 木下さんの仕事について、正しい文はどれですか。　└文法詳見 P70

1　銀行の中で、工場や店の人と相談します。

2　いつも車で工場や店を見に行きます。

3　よくお金についての試験を受けます。

4　朝から夕方までさくら町のあちらこちらに行きます。

---

□ 銀行　銀行
□ 働く　工作
□ 営業　業務
□ 工場　工廠
□ ひとつひとつ　一一地
□ 訪ねる　拜訪
□ 受ける　接受
□ 戻る　回到
□ 試験　考試

(4)

　　木下先生在櫻花鎮的○○銀行工作。不過由於他是業務，所以經常不在銀行裡。他總是一大早就騎著腳踏車，一一拜訪櫻花鎮的工廠或店家，替那裡的人們進行有關金融的諮詢。到了傍晚左右他便回到銀行。

---

**29** 關於木下先生的工作，請問下列敘述何者正確？

Answer **4**

1 他在銀行裡面和工廠、店家的人商量事情。
2 他總是開車去工廠或店家拜訪客戶。
3 他常常報考金融方面的考試。
4 他從早到傍晚都到櫻花鎮的各個地方。

---

**解題攻略**

　　這是一則說明木下先生工作內容的短文。這一題建議用刪去法作答。

　　文中提到「自転車で、…工場やお店をひとつひとつ訪ねて、…相談を受けます」（騎著腳踏車…一一拜訪櫻花鎮的工廠或店家…進行諮詢），可見木下先生進行諮詢的地點應該是工廠或店家，不是在銀行裡面，所以選項1是錯的。從這個部分也可以知道木下先生都是騎腳踏車去拜訪客戶，不是開車，所以選項2也錯誤。

　　選項3錯誤，因為文章裡面完全沒有提到「お金についての試験」（金融方面的考試）。

　　文中提到「いつも朝から自転車で、さくら町の工場やお店をひとつひとつ訪ねて」（總是一大早就騎著腳踏車，一一拜訪櫻花鎮的工廠或店家），又「そして、夕方ごろ、銀行に戻ります」（到了傍晚左右他便回到銀行），由此可知正確答案是4。

## ✏ 文法と萬用句型

---

お＋【動詞ます形】＋する；
ご＋【サ變動詞詞幹】＋す
る。對要表示尊敬的人，透
過降低自己或自己這一邊的
人，以提高對方地位，來向
對方表示尊敬。

**❶ お＋＿＿＿＿＋する、**　表示動詞的謙讓
**　ご＋＿＿＿＿＋する**　　形式

> **例句** お手洗いをお借りしてもいいで
> すか。
> 可以借用一下洗手間嗎？

---

【動詞辭書形；動詞否定形】
＋ことになる。表示決定。
指説話人以外的人、團體或
組織等，客觀地做出了某些
安排或決定。

**❷ ＿＿＿＿＋ことになる**

(被)決定…；也就是説…

> **例句** 来月新竹に出張することになった。
> 下個月要去新竹出差。

---

お＋【動詞ます形】＋くださ
い；ご＋【サ變動詞詞幹】
＋ください。用在對客人、
屬下對上司的請求，表示敬
意而抬高對方行為的表現方
式。

**❸ お＋＿＿＿＿＋ください、**　請…
**　ご＋＿＿＿＿＋ください**

> **例句** 山田様、お入りください。
> 山田先生，請進。

〔替換單字・短句〕
□ 待ち （稍）等　　□ 座り 坐

---

【[一段動詞・カ變動詞]可
能形】＋られる；【五段動
詞可能形；サ變動詞可能形
さ】＋れる。從周圍的客觀
環境條件來看，有可能做某
事，或是表示技術上、身體
的能力上，是具有某種能力
的。

**❹ ＿＿＿＿＋(ら)れる(可能)**　會…；能…

> **例句** このフェリーは、誰でも無料
> で乗れます。
> 無論是誰都可以免費搭乘這艘渡輪。

> **例句** 私はタンゴが踊れます。
> 我會跳探戈。

〔替換單字・短句〕
□ 箸が使えます 使用筷子
□ 一人で着物が着られる 自己穿和服

**5** ＿＿＿＿＋てもいい　…也行、可以…

例句　窓を開けてもいいですか。

可以打開窗戶嗎？

〔替換單字・短句〕
□ 家に帰って　回家
□ 辞書を見て　看辭典
□ お手洗いに行って　去洗手間

【動詞て形】＋もいい。表示許可或允許某一行為。

---

**6** ＿＿＿＿＋ば

如果…的話、假如…、如果…就…

例句　時間が合えば、会いたいです。

如果時間允許，希望能見一面。

【［形容詞・動詞］假定形；［名詞・形容動詞］假定形】＋ば。敘述一般客觀事物的條件關係。如果前項成立，後項就一定會成立。或表示後項受到某種條件的限制。

---

**7** ＿＿＿＿＋ことができる　能…、會…

例句　ここから、富士山をご覧になることができます。

從這裡可以看到富士山。

【動詞辭書形】＋ことができる。表示在外部的狀況、規定等客觀條件允許時可能做。或表示技術上、身體的能力上，是有能力做的。這種說法比「可能形」還要書面語一些。

---

**8** ＿＿＿＿＋てみる　試著(做)…

例句　このおでんを食べてみてください。

請嚐看看這個關東煮。

【動詞て形】＋みる。「みる」是由「見る」延伸而來的抽象用法，常用平假名書寫。表示嘗試著做前接的事項，是一種試探性的行為或動作，一般是肯定的說法。

---

【形容詞く形】＋ても；【動詞て形】＋も；【名詞；形容動詞詞幹】＋でも。表示後項的成立，不受前項的約束，是一種假定逆接表現。

**9** [　　　] ＋ても、でも　即使…也

**例句** 雨が降っても、必ず行く。
即使下雨也一定要去。

〔替換單字・短句〕
□ 時間がなくて　沒時間
□ どんなに大変で　（不管）有多辛苦

---

【名詞】＋について（は）。表示前項先提出一個話題，後項就針對這個話題進行說明。

**10** [　　　] ＋について（は）

有關…、就…、關於…

**例句** 私は、日本酒については詳しいです。
我對日本酒知道得很詳盡。

〔替換單字・短句〕
□ 中国の文学　中國文學
□ 台湾の文化　台灣的文化
□ 韓国の歴史　韓國的歷史

---

 小知識大補帖

▶ 尊敬語和謙讓語

　　日本人是非常重視禮節的民族，話人人都會說，但要說得得體卻是一大學問。以下是生活中很常見的尊敬語和謙讓語，不妨一起記下來哦！

| 原形（中譯） | 尊敬語 | 謙讓語 |
| --- | --- | --- |
| 言う（說） | おっしゃる | 申しあげる |
| 見る（看） | ご覧になる | 拝見する |
| 行く（去） | いらっしゃる | まいる |
| 食べる（吃） | 召し上がる | いただく |
| いる（在） | いらっしゃる | おる |
| する（做） | なさる | いたす |

▶關於咖啡

　　你愛喝咖啡嗎？大家都知道咖啡的日語是「コーヒー」，然而一走進日本的咖啡廳，「メニュー」（菜單）上卻找不到這個字，那是因為「コーヒー」只是"咖啡"統稱。在咖啡廳裡，咖啡被細分為「アメリカーノ」（美式咖啡）、「カフェラテ」（拿鐵）、「カプチーノ」（卡布奇諾）、「カフェオレ」（咖啡歐蕾）、「カフェモカ」（摩卡）等等。

つぎの (1) から (4) の文章を読んで、質問に答えてください。答えは、1・2・3・4から、いちばんいいものを一つえらんでください。

(1)

朝、木下さんの机の上に、このメモが置いてありました。

---

木下さん

　きのう、木下さんが帰ったあと、ヨシダ商事の川上さんという方から木下さんにお電話がありました。

　とても大事な用があるということでしたので、木下さんの携帯電話の番号をお教えしました。

　その後、川上さんからお電話がありましたか。

　あとになって、ほかの人に携帯の番号を教えてもいいかどうか、木下さんに聞いていなかったことに気がつきました。

　すみませんでした。今度から気をつけます。

山田

---

26 山田さんは何について謝っていますか。

1　木下さんに聞かずに、携帯電話の番号を川上さんに教えたこと。

2　木下さんに川上さんから電話があったことを伝えなかったこと。

3　川上さんに木下さんの家の電話番号を教えなかったこと。

4　川上さんに木下さんの携帯電話の番号を教えなかったこと。

(2)

## みそ汁の作り方

　みそ汁を作ってみましょう。みそ汁は日本の家庭でいちばんよく作られる料理の一つです。

1.「だし」を用意します。だしはおいしい味のついたお湯のことで、材料はスーパーやコンビニで売っています。
（注1）

2.「具」を入れます。具はみそ汁に入れる材料のことです。とうふやわかめ、野菜を入れることが多いですが、肉、魚などを入れてもいいです。

3.「みそ」を入れます。これもスーパーやコンビニで売っています。

4.できました。

（注1）お湯に「かつおぶし」を入れて、お湯においしい味がついたら、お湯から「かつおぶし」を取ります。「かつおぶし」は魚から作った食べ物です。

27 みそ汁の作り方について、上の内容と合うものはどれですか。

1　みそ汁を作るためには「みそ」と「だし」と「具」がいります。

2　みそ汁は、スーパーやコンビニで買ったほうがおいしいです。

3　みそ汁は、「みそ」を入れてから、「具」を入れます。

4　みそ汁には、野菜や肉や魚を入れなくてはいけません。

(3)

　病気はまだ完全には治っていませんから、お酒はあまり飲まないようにしてください。1日にビールをコップ2杯ぐらいまでならいいですが、1週間に2日は、お酒を全然飲まない日を作ってください。できれば、あと2週間は飲まないほうがいいです。体の調子を考えて、無理をしないようにしてくださいね。

28　次の中で、上の内容と合うものはどれですか。
1　1週間に2日はお酒を飲んだほうがいい。
2　ビールを毎日2杯飲んだほうがいい。
3　1週間に2日はお酒を飲まないほうがいい。
4　あと2週間はお酒を飲んではいけない。

(4)

　ピエールさんは、日本語学校の近くのアパートに住んでいます。近所にはコンビニと銀行があります。コンビニでは、いろいろなお弁当やお菓子や飲み物がたくさん売っていて、とても便利です。歯ブラシやタオルも売っていますが、薬は売っていません。また、本や雑誌も売っていますが、日本語のものばかりなので、ピエールさんはちょっと残念そうです。

29　コンビニについて正しくないものはどれですか。

　1　コンビニはピエールさんのアパートと銀行の近くにあります。

　2　お弁当や飲み物がたくさんあるので、便利です。

　3　歯ブラシやタオルや薬も置いてあるので、便利です。

　4　コンビニには、外国語の本は売っていません。

つぎの(1)から(4)の文章を読んで、質問に答えてください。答えは、1・2・3・4から、いちばんいいものを一つえらんでください。

---

(1)

朝、木下さんの机の上に、このメモが置いてありました。

---

木下さん

　きのう、木下さんが帰ったあと、ヨシダ商事の川上さんという方から木下さんにお電話がありました。

　とても大事な用があるということでしたので、木下さんの携帯電話の番号をお教えしました。

　その後、川上さんからお電話がありましたか。

　あとになって、ほかの人に携帯の番号を教えてもいい かどうか、木下さんに聞いていなかったことに気がつきました。 ← 關鍵句

　すみませんでした。今度から気をつけます。

山田

---

□ 商事　商務（公司）
□ 大事　重要
□ 用　事情
□ 携帯電話　手機
□ 番号　號碼
□ すみません　對不起
□ 今度　今後
□ 謝る　道歉

**26** 山田さんは何について謝っていますか。

1　木下さんに聞かずに、携帯電話の番号を川上さんに教えたこと。

2　木下さんに川上さんから電話があったことを伝えなかったこと。

3　川上さんに木下さんの家の電話番号を教えなかったこと。

4　川上さんに木下さんの携帯電話の番号を教えなかったこと。

請閱讀下列（１）～（４）的文章並回答問題。請從選項１・２・３・４當中選出一個最恰當的答案。

---

（1）

一早，木下先生的桌子上放著這張紙條。

> 木下先生
> 　　昨天您回去之後，吉田商事有一位叫川上的先生來電找您。
> 　　由於對方有非常重要的事情，所以我把您的手機號碼告訴了他。
> 　　在那之後，不知川上先生是否有撥電話給您呢？
> 　　後來我才想到我沒先詢問您就把您的手機號碼告訴了別人。
> 　　真是對不起。今後我會注意的。
>
> 　　　　　　　　　　　　　　　　　　　　　　　山田

---

**26** 請問山田為了什麼事在道歉呢？　　　　　　　　　Answer **1**

1　沒先詢問木下先生就把他的手機號碼給了川上先生。

2　沒把川上先生有來電一事告訴木下先生。

3　沒把木下先生家裡的電話號碼告訴川上先生。

4　沒把木下先生的手機號碼告訴川上先生。

---

**解題攻略**

　　解題關鍵在「謝っています」（道歉），所以題目當中出現道歉語句的地方（例如：すみません、ごめんなさい、申し訳ありません）就是重點了。

　　最後一句「すみませんでした。今度から気をつけます」（真是對不起。今後我會注意的），山田道歉的原因就在上一句：「あとになって、ほかの人に携帯の番号を教えてもいいかどうか、木下さんに聞いていなかったことに気がつきました」（後來我才想到我沒詢問您就把您的手機號碼告訴了別人）。正確答案是１。

(2)

みそ汁の作り方

　みそ汁を作ってみましょう。みそ汁は日本の家庭でいちばんよく作られる料理の一つです。
└文法詳見 P85

1.「だし」を用意します。だしはおいしい味のついたお湯のことで、 ◁關鍵句
　材料はスーパーやコンビニで売っています。

2.「具」を入れます。具はみそ汁に入れる材料のことです。とうふや ◁關鍵句
　わかめ、野菜を入れることが多いですが、肉、魚などを入れても ◁關鍵句
　いいです。

3.「みそ」を入れます。これもスーパーやコンビニで売っています。 ◁關鍵句

4.できました。

（注1）お湯に「かつおぶし」を入れて、お湯においしい味がついたら、お湯から「かつおぶし」を取ります。「かつおぶし」は魚から作った食べ物です。

□ みそ汁　味噌湯
□ だし　高湯
□ あじ（味）　味道
□ スーパー【supermarket之略】超市
□ 具　材料
□ とうふ　豆腐
□ わかめ　海帯芽
□ みそ　味噌

27　みそ汁の作り方について、上の内容と合うものはどれですか。

1　みそ汁を作るためには「みそ」と「だし」と「具」がいります。

2　みそ汁は、スーパーやコンビニで買ったほうがおいしいです。

3　みそ汁は、「みそ」を入れてから、「具」を入れます。

4　みそ汁には、野菜や肉や魚を入れなくてはいけません。
└文法詳見 P85

(2)

味噌湯的煮法

　　來做做看味噌湯吧！味噌湯是日本家庭最常見的料理之一。

1. 準備好「高湯」。高湯是指具有鮮美滋味的湯頭，材料在超市或超商都有賣。<sup>(註1)</sup>

2. 放入「料」。料是指放入味噌湯的材料。比較常見的是放豆腐、海帶芽或蔬菜，不過也可以放入肉或魚等等。

3. 放入「味噌」。這在超市或超商也都有賣。

4. 煮好了。

（註1）將「柴魚片」放入滾水，等美味釋放到湯頭後，將「柴魚片」從湯頭取出。「柴魚片」是一種由魚製成的食物。

---

**27** 請問針對味噌湯的煮法，符合上述內容的是哪一個選項呢？　　Answer **1**

1 煮味噌湯需要用到「味噌」、「高湯」和「料」。

2 味噌湯要在超市或超商買的才會比較好喝。

3 味噌湯要先放「味噌」再加入「料」。

4 味噌湯不可以不放入蔬菜、肉或魚。

---

**解題攻略**

　　這一題必須用刪去法作答。整理以上4點，煮味噌湯的步驟可以簡略成：

放高湯 → 放料 → 放味噌 → 完成

　　正確答案是1。從第1點就可以知道味噌湯必須放「味噌」、「高湯」和「料」這三樣東西。

　　選項2是錯的，文章是說「だし」（高湯）和「みそ」（味噌）在超市買得到，並沒有說在超市和超商買的「みそ汁」（味噌湯）比較好喝。

　　從步驟來看，可以發現放味噌是第3個步驟，放料是第2個步驟，所以選項3說的「先放味噌再放料」也是錯的。

　　選項4提到味噌湯必須放蔬菜、肉和魚，這點也是錯誤的。因為第2點是說「肉、魚などを入れてもいいです」（也可以放入肉或魚等等），表示味噌湯裡面也可以放這些料，但並沒有強制一定要放。

(3)

　病気はまだ完全には治っていませんから、お酒はあまり飲まないようにしてください。1日にビールをコップ2杯ぐらいまでならいいですが、**1週間に2日は、お酒を全然飲まない日を作ってください。** ──關鍵句

└文法詳見 P85

できれば、あと2週間は飲まないほうがいいです。体の調子を考えて、無理をしないようにしてくださいね。

└文法詳見 P86

---

□ 完全　完全
□ 治る　康復；醫好
□ コップ　杯子
□ 作る　排出（日子；時間）
□ 調子　狀況
□ 考える　考量
□ 無理　勉強
□ 内容　内容

**28** 次の中で、上の内容と合うものはどれですか。

1　1週間に2日はお酒を飲んだほうがいい。

2　ビールを毎日2杯飲んだほうがいい。

3　1週間に2日はお酒を飲まないほうがいい。

4　あと2週間はお酒を飲んではいけない。

(3)

病還沒有完全好，所以請盡量別喝酒。一天喝兩杯啤酒雖然還算在安全範圍內，但請規定自己一週內有兩天得滴酒不沾。如果可以，這兩個禮拜最好是不要喝。請多想想自己的身體狀況，別太勉強了。

這是一篇醫生交代病人限制喝酒的短文，主旨在「お酒はあまり飲まないようにしてください」（請盡量別喝酒），而選項1和選項2建議病人喝酒，所以都是錯的。

文中提到「１週間に２日は、お酒を全然飲まない日を作ってください」，所以正確答案是3。

選項4是陷阱，文章提到「できれば、あと２週間は飲まないほうがいいです」，醫生僅是建議，語氣很委婉。然而選項4表示強烈禁止，因此錯誤。

遇到「次の中で、上の内容と合うものはどれですか」（下列敘述符合上述內容的是哪一個選項）這種題型，一定要先把文章看熟，再用刪去法作答。

---

**28** 請問下列敘述符合上述內容的是哪一個選項呢？

Answer **3**

1 一週最好喝兩天酒。

2 每天最好喝兩杯啤酒。

3 一週最好有兩天不要喝酒。

4 這兩個禮拜不可以喝酒。

補充單字 決定

□ 無理（むり） 勉強；不講理　　　□ 駄目（だめ） 不行；沒用

□ 正しい（ただしい） 正確；端正　　　□ つもり 打算；當作

□ 必要（ひつよう） 需要　　　□ 決まる（きまる） 決定；規定

□ 宜しい（よろしい） 好，可以　　　□ 反対（はんたい） 相反；反對

(4)

　ピエールさんは、日本語学校の近くのアパートに住んでいます。近所にはコンビニと銀行があります。コンビニでは、いろいろなお弁当やお菓子や飲み物がたくさん売っていて、とても便利です。歯ブラシやタオルも売っていますが、**薬は売っていません。**＜關鍵句 また、本や雑誌も売っていますが、日本語のもの**ばか**りなので、ピエールさんはちょっと残念そうです。

└文法詳見 P86

---

**29**　コンビニについて正しくないものはどれですか。

1　コンビニはピエールさんのアパートと銀行の近くにあります。

2　お弁当や飲み物がたくさんあるので、便利です。

3　歯ブラシやタオルや薬も置いてあるので、便利です。

4　コンビニには、外国語の本は売っていません。

---

□ お弁当　便當　　　　　□ 薬　藥品
□ お菓子　零食；點心　　□ 残念　可惜
□ 飲み物　飲料　　　　　□ 置く　擺放
□ 売る　販賣
□ 便利　方便
□ 歯ブラシ【歯brush】牙刷

(4)

　皮耶魯住在日語學校附近的公寓。附近有超商和銀行。超商裡面賣了各式各樣的便當、零食和飲料，數量很多，非常方便。雖然也有牙刷和毛巾，不過藥品就沒有販售了。此外，也有販賣書本和雜誌，但因為都是日語的，皮耶魯似乎覺得有點可惜。

29 請問針對超商的敘述下列何者不正確？　　　　　　　　Answer 4

1 超商位於皮耶魯的公寓和銀行的附近。
2 有很多便當和飲料，十分方便。
3 超商也有牙刷、毛巾和藥品，很方便。
4 超商裡面沒有販售外語書籍。

解題攻略

　題目是問超商，因此只要留意超商的描述就好。可以用刪去法作答，另外請注意題目問的是不正確的選項。

　選項1，文章第一句「ピエールさんは、…に住んでいます。近所にはコンビニと銀行があります」（皮耶魯住在…附近有超商和銀行），由此可知選項1正確。

　選項2，文中提到「いろいろなお弁当やお菓子や飲み物がたくさん売っていて、とても便利です」（超商裡面賣了各式各樣的便當、零食和飲料，數量很多，非常方便），因此選項2正確。

　選項3，後面提到「薬は売っていません」（不過藥品就沒有販售了），由此可知錯誤的敘述是選項3。

　選項4，文章最後一句「本や雑誌も売っていますが、日本語のものばかり」（也有販賣書本和雜誌，但都是日語的），由此可知超商裡面沒有販售外語書籍，選項4正確。

## 文法と萬用句型

お＋【動詞ます形】＋する；
ご＋【サ變動詞詞幹】＋す
る。對要表示尊敬的人，透
過降低自己或自己這一邊的
人，以提高對方地位，來向
對方表示尊敬。

❶お＋□□□＋する、　　表示動詞的謙
　ご＋□□□＋する　　　讓形式

例句　この前お話しした件ですが、考
　　　えていただけましたか。
　　　關於上回提到的那件事，請問您考
　　　慮得怎麼樣了？

---

【動詞て形】＋もいい。表示
許可或允許某一行為。

❷□□□＋てもいい　…也行、可以…

例句　宿題が済んだら、遊んでもい
　　　いよ。
　　　如果作業寫完了，要玩也可以喔。

---

【名詞；形容動詞詞幹；[形
容詞‧動詞]普通形]＋か
どうか。表示從相反的兩種
情況或事物之中選擇其一。
「～かどうか」前面的部分
接「不知是否屬實」的事
情、情報。

❸□□□＋かどうか　是否……與否

例句　これでいいかどうか、教えて
　　　ください。
　　　請告訴我這樣是否可行。

---

【動詞否定形（去ない）】＋ず
（に）。表示以否定的狀態
或方式來做後項的動作，或
產生後項的結果，語氣較生
硬，相當於「～ない（で）」。

❹□□□＋ず（に）　不…地、沒…地

例句　ゆうべは疲れて何も食べずに寝
　　　ました。
　　　昨天晚上累得什麼都沒吃就睡了。

**5** ＿＿＿＋（ら）れる（被動） 被…

例句 この辞書は昔から使われている言葉がたくさん載っている。

這本辭典記載了很多從以前就被使用的字彙。

例句 弟が犬にかまれました。

弟弟被狗咬了。

【[ 一段動詞・カ變動詞 ]被動形】＋られる；【五段動詞被動形；サ變動詞被動形さ】＋れる。表示社會活動等普遍為大家知道的事。或表示某人直接承受到別人的動作。

**6** ＿＿＿＋なくてはいけない 必須…

例句 来週の水曜日までにお金を払わなくてはいけない。

下週三之前非得付款不可。

〔替換單字・短句〕
□ レポートを出さ 交報告
□ 返事し 回覆

【動詞否定形（去い）】＋くてはいけない。表示義務和責任，多用在個別的事情，或對某個人，口氣比較強硬，所以一般用在上對下，或同輩之間。也可以用於表示社會上一般人普遍的想法，或表達說話者自己的決心。

**7** ＿＿＿＋なら 要是…的話

例句 私があなたなら、謝ります。

假如我是你的話，我會道歉。

〔替換單字・短句〕
□ 気を悪くした （讓你）不愉快
□ だめ 不行
□ まずい 難吃

【名詞；形容動詞詞幹；[ 動詞・形容詞 ]辭書形】＋なら。表示接受了對方所說的事情、狀態、情況後，説話人提出了意見、勸告、意志、請求等。

例句 野球なら、あのチームが一番強い。

棒球的話，那一隊最強了。

〔替換單字・短句〕
□ サッカー 足球
□ テニス 網球

可用於舉出一個事物列為話題，再進行説明。

【動詞辭書形；動詞否定形】＋ようにする。表示説話人自己將前項的行為、狀況當作目標而努力，或是説話人建議聽話人採取某動作、行為時。

**❽ ＋ようにする**

爭取做到…、設法使…；使其…

例句 これから毎日野菜を取るようにします。

我從現在開始每天都要吃蔬菜。

〔替換單字・短句〕
□ 朝早く起きる　早起
□ 忘れ物をしない　不忘東忘西

【名詞】＋ばかり。表示數量、次數非常多。

**❾ ＋ばかり**

淨…、光…；總是…、老是…

例句 漫画ばかりで、本は全然読みません。

光看漫畫，完全不看書。

【動詞て形】＋ばかり。表示説話人對不斷重複一樣的事，或一直都是同樣的狀態，有負面的評價。

例句 寝てばかりいないで、手伝ってよ。

別老是睡覺，過來幫忙啦！

🕗 **小知識大補帖**

▶味噌和糞在一起？

　　日語中有一句「ことわざ」（諺語）叫做「味噌も糞も一緒」，是 "不管好的壞的全混雜一塊、好壞不分" 的意思，可以翻譯成 "不分青紅皂白"。

▶ 關於道歉

　　道歉除了前面文章中的「すみませんでした」（對不起），另外還有「ごめんなさい」（對不起）、「私が悪かったです」（是我不對）、「お詫び申し上げます」（我向您致歉）、「どうも申し訳ございません」（萬分抱歉）等說法。後三者較鄭重，日常對話中的道歉以「すみません」（對不起）和「ごめんなさい」（對不起）居多。其中「すみません」（對不起）是丁寧語，也就是較客氣的對不起，對陌生人、不熟的人或長輩用「すみません」（對不起）較為得體，至於熟人、親友、家人之間則多用「ごめんなさい」（對不起）。

つぎの（1）から（4）の文章を読んで、質問に答えてください。答えは、1・2・3・4から、いちばんいいものを一つえらんでください。

(1)

朝、張さんが出したごみの袋の上に、このメモが貼ってありました。

---

きょうは水曜日ですから、燃えないごみは出せません。

この袋の中には、プラスチックなどの燃えないごみが入っています。

この袋を出した方は、きょう中に持って帰ってください。

燃えないごみは、金曜日の朝、出してください。

---

**26** 張さんは、夕方、このメモを見ました。張さんは、まず何をしなければなりませんか。

1　燃えないごみを別の袋に入れて、置いておく。

2　そのままにしておく。

3　燃えないごみの入った袋を家に持って帰る。

4　燃えないごみを袋から出して、袋だけ家に持って帰る。

(2)

駅のエレベーターの横に、このお知らせがあります。

---

### エレベーターに乗る方へ

★ このエレベーターは4人まで乗ることができます。

★ このエレベーターは、お年寄りや小さいお子さんを連れた方、または大きい荷物を持った方たちのために作ったものです。

★ それ以外の方は、できるだけ階段かエスカレーターをご利用ください。

---

27 お知らせから、このエレベーターについてわかることは何ですか。

1 78歳の山田さんはこのエレベーターに乗ってはいけません。

2 中学生の前川さんはこのエレベーターに乗らないほうがいいです。

3 小さい荷物を持っている25歳の佐藤さんはエレベーターに乗るほうがいいです。

4 3歳の子どもを連れた75歳の高橋さんは階段かエスカレーターを使わなければいけません。

(3)

　先生、うちの子猫、きのうから具合が悪そうなんです。いつもなら1日に5杯はミルクを飲むんですが、きのうは朝1杯飲んだだけで、そのあとは全然飲みませんでした。けさも、なかなか起きませんでしたし、ミルクもやっぱり飲みません。どこが悪いか見てください。お願いします。

28　子猫は、きのうときょう、全部でミルクを何杯飲みましたか。

1　5杯
2　1杯
3　2杯
4　全然飲みませんでした

(4)

　わたしはタクシーの運転手です。いろいろなお客さんと話ができて、楽しいことも多いですが、嫌なお客さんもたまにはいます。特に夜遅い時間は、お酒を飲んだお客さんを乗せることが多いです。中にはすごく酔っている人もいます。そういう人にはあまり乗ってもらいたくないのですが、乗らないでくださいと言うことはできません。そんなときは、大変な仕事だなと思うこともあります。

29　「わたし」の仕事について、正しいものはどれですか。

1　嫌なお客さんが多いので、とても大変な仕事だと思います。

2　タクシーに乗るお客さんはみんな酔っています。

3　楽しいことも多いですが、たまに大変だと思うこともあります。

4　酔っているお客さんをタクシーに乗せることはできません。

つぎの(1)から(4)の文章を読んで、質問に答えてください。答えは、1・2・3・4から、いちばんいいものを一つえらんでください。

---

(1)

朝、張さんが出したごみの袋の上に、このメモが貼ってありました。

> きょうは水曜日ですから、燃えないごみは出せません。
> └文法詳見 P100
>
> この袋の中には、プラスチックなどの燃えないごみが入っています。
>
> **この袋を出した方は、きょう中に持って帰ってください。**　←|關鍵句|
>
> 燃えないごみは、金曜日の朝、出してください。

---

□ 出す　拿出；丟出
□ ごみ　垃圾
□ 袋　袋子
□ 燃える　可燃
□ プラスチック【plastic】　塑膠
□ 今日中　今天以內
□ そのまま　就這樣（保持原貌）

26 張さんは、夕方、このメモを見ました。張さんは、まず何をしなければなりませんか。
└文法詳見 P100

1　燃えないごみを別の袋に入れて、置いておく。

2　そのままにしておく。
　└文法詳見 P100

3　燃えないごみの入った袋を家に持って帰る。

4　燃えないごみを袋から出して、袋だけ家に持って帰る。

請閱讀下列（1）～（4）的文章並回答問題。請從選項1・2・3・4當中選出一個最恰當的答案。

（1）

　　一早，張同學丟的垃圾，垃圾袋上貼著這張紙條。

> 　　今天是禮拜三，所以不能丟不可燃垃圾。
> 　　這個袋子裡面裝有塑膠等不可燃垃圾。
> 　　丟這包垃圾的人，請在今天拿回去。
> 　　不可燃垃圾請在星期五早上拿出來丟。

---

26 張同學傍晚看到這張紙條。請問張同學必須先做什麼呢？　　　　Answer **3**

1 把不可燃垃圾放到其他袋中放著。
2 就這樣不用理會。
3 把裝有不可燃垃圾的袋子帶回家。
4 把不可燃垃圾從袋中取出，只帶袋子回家。

---

**解題攻略**

　　這一題問題關鍵在「まず」（首先），問的是必須做的第一件事情是什麼，可見題目中應該會出現規定、要求等字句，像是句型「～てください」。

　　題目關鍵在「この袋を出した方は、きょう中に持って帰ってください」（丟這包垃圾的人，請在今天拿回去），貼紙條的人要求這包垃圾的主人在今天以內把它拿回去。「この袋」（這包垃圾）也就是指「プラスチックなどの燃えないごみが入っています」（裝有塑膠等不可燃垃圾）的這個袋子。所以張同學最先要做的是把這包垃圾拿回家，正確答案是3。

　　此外，「燃えないごみは、金曜日の朝、出してください」（不可燃垃圾請在星期五早上拿出來丟）雖然也是祈使命令句，不過今天是星期三，所以沒有那麼急。而且由於不可以在今天丟棄不可燃垃圾，所以其他選項都是錯的。

(2)

駅のエレベーターの横に、このお知らせがあります。

---

### エレベーターに乗る方へ

★ このエレベーターは4人まで乗ることができます。

★ このエレベーターは、お年寄りや小さいお子さんを連れ
た方、または大きい荷物を持った方たちのために作った
ものです。　　　　　　　　　　　　　　　　　　　　　　＜ 關鍵句

★ それ以外の方は、できるだけ階段かエスカレーターをご
利用ください。　　　　　　　　　　　　　　　　　　　　＜ 關鍵句

---

□ エレベーター
　【elevator】電梯
□ 横　旁邊
□ お年寄り　年長者
□ 連れる　帶；領
□ または　或者
□ 荷物　行李
□ できるだけ　盡可能地
□ 階段　樓梯
□ エスカレーター
　【escalator】電扶梯
□ 乗る　搭乗

**27** お知らせから、このエレベーターについ
てわかることは何ですか。

1　78歳の山田さんはこのエレベーターに
　乗ってはいけません。
　　　　　　　└文法詳見 P100

2　中学生の前川さんはこのエレベーター
　に乗らないほうがいいです。

3　小さい荷物を持っている25歳の佐藤さん
　はエレベーターに乗るほうがいいです。

4　3歳の子どもを連れた75歳の高橋さん
　は階段かエスカレーターを使わなけれ
　ばいけません。

(2)

車站的電梯旁邊有這張公告。

---

### 給各位搭乘電梯的旅客

★ 這台電梯最多可以承載四人。

★ 這台電梯是為了年長者、帶小朋友的家長和有大型行李的
旅客所設置的。

★ 其他旅客請盡量利用樓梯或電扶梯。

---

**27** 根據這張公告，請問可以知道什麼關於電
梯的事情呢？

Answer **2**

1　78 歲的山田先生不能搭乘這台電梯。

2　就讀國中的前川同學最好是不要搭乘這台
電梯。

3　25 歲的佐藤先生隨身行李很小，還是搭乘
電梯比較好。

4　75 歲的高橋先生帶著 3 歲的小孩，他必須
爬樓梯或搭乘電扶梯。

---

解題攻略

　　從選項來看，可以發現這一題要考的是各種年齡、狀態的人該搭乘電梯還是電
扶梯。要用刪去法來作答。

　　選項 1 錯誤，因為78歲的山田先生算是「お年寄り」（年長者），可以搭乘電梯。

　　選項 2 正確，因為前川同學既不是年長者，也沒有帶小孩或大型行李。

　　選項 3 錯誤，因為佐藤先生的行李是小件，而且他還年輕。

　　選項 4 錯誤，高橋先生不僅有帶小孩，還是年長者，可以使用電梯，並非一定
要爬樓梯或搭乘電扶梯。正確答案是 2。

(3)

先生、うちの子猫、きのうから具合が悪そうなんです。いつもなら1日に5杯はミルクを飲むんですが、**きのうは朝1杯飲** ◁ 關鍵句
└文法詳見 P101
**んだだけで、そのあとは全然飲みませんでした。けさも、なかなか起きませんでしたし、ミルクもやっぱり飲みません。**どこが悪いか見てください。お願いします。

28 子猫は、きのうときょう、全部でミルクを何杯飲みましたか。

1　5杯

2　1杯

3　2杯

4　全然飲みませんでした

□ 先生 對醫生、老師、律師等的稱呼

□ 子猫 小貓

□ 具合 狀況

□ 全然 完全（沒）…

□ なかなか （後接否定）不容易…；不太能

□ やっぱり 果然

(3)

　　醫生，我家的小貓從昨天開始就好像生病了。平時牠一天喝 5 杯牛奶，可是昨天早上只喝 1 杯就再也沒喝了。今天早上也是，不但起不來，牛奶也果真喝不下。請看看牠是不是哪裡有問題，麻煩您了。

這一句雖然有提到杯數，但是「いつも」是「平時」的意思，和問題的「きのう」、「きょう」都無關。

「けさ」是「今天早上」的意思，這邊提到小貓今天早上也沒有喝牛奶。所以兩天下來小貓只喝了1杯牛奶而已。
「そのあと」意思是「在那之後」，可見小貓昨天早上只喝了1杯牛奶後就再也沒喝了。

　問題問的是幾杯，可以留意「杯」和「飲む」這些字出現的地方。此外，題目問的是「きのう」（昨天）和「きょう」（今天），文章裡勢必會出現其他時間，要小心陷阱。

---

**28** 請問小貓昨天和今天總共喝了幾杯牛奶呢？　　　Answer **2**

1　5 杯
2　1 杯
3　2 杯
4　完全沒喝

---

**補充單字** 程度副詞

□ 全然（ぜんぜん）完全不…；非常　　□ ちっとも 一點也不…
□ 一杯（いっぱい）充滿；很多　　□ 中々（なかなか）非常；不容易
□ 随分（ずいぶん）相當地；不像話　　□ 非常に（ひじょう）非常，很
□ すっかり 完全，全部　　□ 殆ど（ほとん）大部份；幾乎
□ 大分（だいぶ）相當地　　□ 十分（じゅうぶん）充分，足夠

(4)

　わたしはタクシーの運転手です。いろいろなお客さんと話ができて、**楽しいことも多いですが、**嫌なお客さんもたまにはいます。特に　◁ 關鍵句
夜遅い時間は、お酒を飲んだお客さんを乗せることが多いです。中にはすごく酔っている人もいます。そういう人にはあまり乗ってもらい
└ 文法詳見 P101
たくないのですが、乗らないでくださいと言うことはできません。そんなときは、**大変な仕事だなと思うこともあります。**　◁ 關鍵句

---

29 「わたし」の仕事について、正しいものはどれですか。

1　嫌なお客さんが多いので、とても大変な仕事だと思います。

2　タクシーに乗るお客さんはみんな酔っています。

3　楽しいことも多いですが、たまに大変だと思うこともあります。

4　酔っているお客さんをタクシーに乗せることはできません。

---

□ タクシー【taxi】計程車　　□ すごく　非常
□ 運転手　司機
□ お客さん　乗客
□ 嫌　討厭的
□ たまに　偶爾
□ 特に　特別是
□ 夜遅い　深夜的

(4)

　　我是個計程車司機。雖然可以和許多乘客聊天，絕大部分的時候都是開心的，但偶爾也是有討厭的客人。特別是深夜時段，經常載到喝酒的乘客。其中有些人喝得醉醺醺的，實在是不太想讓他們上車，但我沒辦法對他們説「請勿搭乘」。這時我就會覺得，這真是一份辛苦的工作。

---

**29** 請問針對「我」的工作，下列敘述何者正確？　　　　　　Answer **3**

1　討厭的乘客很多，是一份很辛苦的工作。
2　搭乘計程車的乘客每一個都喝醉了。
3　雖然大部分的時候都是開心的，但偶爾也覺得
　　很辛苦。
4　不能讓酒醉的客人上計程車。

---

解題攻略

　　遇到選出正確選項的題型建議用刪去法作答。

　　選項1錯誤，文中提到「嫌なお客さんもたまにはいます」（偶爾也是有討厭的客人），表示雖有討厭的客人，不過人數並不多。

　　選項2錯在「みんな」（每個人、大家），從「特に夜遅い時間は、お酒を飲んだ客さんを乗せることが多いです」（特別是深夜時段，經常載到喝酒的乘客）這句來看，可知喝酒的客人不少，但並不是全部。

　　選項3是從「楽しいことも多いです」（絕大部分的時候都是開心的）和「大変な仕事だなと思うこともあります」（覺得這真是一份辛苦的工作）合併而來的，選項3正確。

　　從「中にはすごく酔っている人もいます。…、乗らないでくださいと言うことはできません」（其中有些人喝得醉醺醺的，…，但我沒辦法對他們説「請勿搭乘」）可知計程車司機沒辦法拒載乘客，所以選項4錯誤。

📝 **文法と萬用句型**

---

【[一段動詞・カ變動詞]可能形】＋られる；【五段動詞可能形；サ變動詞可能形さ】＋れる。表示從客觀條件來看，有可能做某事，或技術上或身體能力上具有某種能力。

**❶** ⬜⬜⬜ **＋(ら)れる (可能)** 會…；能…

> **例句** ここはなんでも食べられる。
> 這裡可以吃到任何食物。

> **例句** マリさんはお箸が使えますか。
> 瑪麗小姐會用筷子嗎？

---

【動詞否定形】＋なければならない。表示無論是自己或對方，從社會常識或事情的性質來看，不那樣做就不合理，有義務要那樣做。

**❷** ⬜⬜⬜ **＋なければならない**

必須…、應該…

> **例句** 大人は子どもを守らなければならないよ。
> 大人應該要保護小孩呀！

---

【動詞て形】＋おく。表示考慮目前的情況，採取應變措施，將某種行為的結果保持下去。也表示為將來做準備，事先採取某種行為。

**❸** ⬜⬜⬜ **＋ておく** …著；先…、暫且…

> **例句** レストランを予約しておきます。
> 我會事先預約餐廳。

---

【動詞て形】＋はいけない。表示禁止，基於某種理由、規則，直接跟聽話人表示不能做前項事情，一般限於用在上司對部下、長輩對晚輩。也常用在交通標誌、禁止標誌等。

**❹** ⬜⬜⬜ **＋てはいけない**

不准…、不許…、不要…

> **例句** ベルが鳴るまで、テストを始めてはいけません。
> 在鈴聲響起前不能動筆作答。

**5** ＿＿＿＿＋なら　要是…的話

例句 おもしろい人となら結婚してもいい。

如果是和有趣的人，要結婚也可以。

> 【助詞】＋なら。表示其他情況或許並非如此，但如果就前項而言，後項可以成立。

例句 そんなにおいしいなら、私も今度その店に連れていってください。

如果真有那麼好吃，下次也請帶我去那家店。

> 【名詞；形容動詞詞幹；[動詞・形容詞]辭書形】＋なら。表示接受了對方所説的事情、狀態、情況後，説話人提出了意見、勸告等。

**6** ＿＿＿＿＋てもらう

（我）請（某人為我做）…

> 【動詞て形】＋もらう。表示請求別人做某行為，且對那一行為帶著感謝的心情。

例句 彼女に助けてもらいました。

請她幫忙。

〔替換單字・短句〕
□ お金を貸して　借（我）錢
□ 日本語を教えて　教（我）日語
□ 友達を紹介して　介紹朋友（給我）

## 小知識大補帖

### ▶ 在日本搭計程車

在日本無法搭電車或公車時，就選擇計程車吧！日本計程車的特色是左邊車門會自動打開和關閉，完全不用自己動手，缺點是花費較高。

搭計程車時，只要説「＿＿までお願いします」（我要到＿＿）就行了。如果不知道想去的地點該怎麼念，就説「ここまでお願いします」（我要到這裡），並拿出地圖指給司機看吧！希望停車時，可以説「ここで止めてください」（請在這裡停車）。是不是很簡單呢？

▶ **假日安排**

暇だったら出かけます。
如果有空的話就會出門。

週末は近くを散歩します。
週末會在附近散步。

家でのんびりします。
我會在家裡悠哉休息。

いろいろな店を見て回ります。
我會去逛各種商店。

彼氏とデートをします。
我會和男朋友約會。

友だちとおいしいものを食べに行きます。
會和朋友去吃好吃的。

たまに温泉に行きます。
偶爾去個泡溫泉。

旅行をします。
我去旅行。

家の掃除をします。
我會打掃家裡。

私は料理教室に通っています。
我在上烹飪課程。

最近、柔道を習い始めました。
最近開始學柔道。

週末は仕事で忙しくなると思います。
我想週末應該會忙著工作。

テニスをしに行きます。
我會去打網球。

友<ruby>だ<rt>とも</rt></ruby>ちとコンサートに<ruby>行<rt>い</rt></ruby>きます。

我會和朋友去聽演唱會。

▶ **打電話**

<ruby>高橋<rt>たかはし</rt></ruby>さん、いっらしゃいますか。

高橋先生在嗎？

どちら<ruby>様<rt>さま</rt></ruby>でしょうか

您是哪位？

<ruby>智子<rt>ともこ</rt></ruby>と<ruby>申<rt>もう</rt></ruby>しますが、<ruby>桜子<rt>さくらこ</rt></ruby>さんを<ruby>願<rt>ねが</rt></ruby>いします。

我叫做智子，麻煩請櫻子小姐聽電話。

はい、<ruby>少々<rt>しょうしょう</rt></ruby>お<ruby>待<rt>ま</rt></ruby>ちください

是的，請稍等一下。

<ruby>今<rt>いま</rt></ruby>は<ruby>話<rt>はな</rt></ruby>せないので<ruby>後<rt>あと</rt></ruby>でかけ<ruby>直<rt>なお</rt></ruby>します

我現在不方便講電話，等下再打電話給你。

10<ruby>分<rt>ぶん</rt></ruby>したらかけ<ruby>直<rt>なお</rt></ruby>してくれますか。

你可以 10 分鐘之後再打過來嗎？

<ruby>今<rt>いま</rt></ruby>、<ruby>外出<rt>がいしゅつ</rt></ruby>しています。

他現在外出。

すぐ<ruby>戻<rt>もど</rt></ruby>ると<ruby>思<rt>おも</rt></ruby>います。

我想他馬上就會回來。

<ruby>何時<rt>なんじ</rt></ruby>ごろ<ruby>帰<rt>かえ</rt></ruby>ってくるかわかりません。

我不知道他幾點會回來。

<ruby>何<rt>なに</rt></ruby>か<ruby>伝<rt>つた</rt></ruby>えましょうか。

請問需要幫您留言給他嗎？

お<ruby>電話番号<rt>でんわばんごう</rt></ruby>を<ruby>願<rt>ねが</rt></ruby>いします。

請問您的電話號碼是？

では、失礼します。
那麼,再見。

## ▶搭計程車

電話でタクシー呼びましょう。
打電話叫計程車吧。

タクシーを一台呼んでください。
請幫我叫一台計程車。

東京駅までお願いします。
請到東京車站。

そこまでどれくらいかかりますか。
到那裡要花多少時間?

道は混んでいますか。
路上塞車嗎?

右に曲がってください
請向右轉。

まっすぐ行ってください。
請直走。

次の信号の手前で止めてください。
請在下個紅綠燈前停車。

ここで止めてください。
請在這裡停車。

タクシーは使わないで電車で行きましょう。
我們不要搭計程車,改搭電車前往吧!

挑戦篇

# チャレンジ編

STEP

## 2

つぎの文章を読んで、質問に答えてください。答えは、1・2・3・4から、いちばんいいものを一つえらんでください。

　最近の日本では、お父さんやお母さんが仕事で忙しかったり、子どもが勉強で忙しかったりで、家族ひとりひとりが違う時間に食事をする家庭が増えています。特に、子どもが中学生や高校生になって自分の時間を持つようになると、家族みんなで食事をするのが難しくなるようです。

　一人で食べるのとだれかといっしょに食べるのは、違います。例えば、一人のときは、おはしの持ち方が正しくなかったり、ちゃんと座らないで食べたりしても、だれも注意しません。でも、だれかといっしょのときには、食べ方や座り方にも気をつけなければいけません。

　家族がいっしょに食事をするのはとても大切なことです。できれば、テレビをつけないで、きょうどんなことがあったか話をしながら食事をしましょう。そうすれば、きょうはお兄さんは元気があるなあ、お姉さんはよく笑うなあ、お父さんは疲れていそうだなあ、と家族の様子がよくわかります。上手に時間を作って、1週間に1回は、家族みんなでごはんを食べるようにしてみませんか。

チャレンジ編
STEP 1
STEP 2
応用編

30 日本ではどのように食事をする人が増えていますか。

1 家族といっしょに食事をする人。

2 中学生や高校生の友だちと食事をする人。

3 お父さんやお母さんと食事をする人。

4 一人で食事をする人。

31 家族が違う時間に食事をするのはどうしてですか。

1 家族みんなが忙しいことが多いから。

2 一人で暮らしているから。

3 一人でいることが好きだから。

4 テレビを見ながら食べたいから。

32 一人で食べるのとだれかといっしょに食べるのは、違い

ますとありますが、どんなことが違いますか。

1 食べるものが違います。

2 好きなものが違います。

3 食べ方や座り方が違います。

4 使うお茶碗やお皿が違います。

33 家族といっしょに食事をすると、どんないいことがあり

ますか。

1 テレビをつけなくなります。

2 元気になります。

3 家族のことがよくわかります。

4 話が上手になります。

---

つぎの文章を読んで、質問に答えてください。答えは、1・2・3・4から、いちばんいいものを一つえらんでください。

最近の日本では、お父さんやお母さんが仕事で忙しかったり、子どもが勉強で忙しかったりで、家族ひとりひとりが違う時間に食事をする家庭が増えています。特に、子どもが中学生や高校生になって自分の時間を持つようになると、家族みんなで食事をするのが難しくなるようです。 └文法詳見 P112

　一人で食べるのとだれかといっしょに食べるのは、違います。例えば、一人のときは、おはしの持ち方が正しくなかったり、ちゃんと座らないで食べたりしても、だれも注意しません。でも、だれかといっしょのときには、食べ方や座り方にも気をつけなければいけません。

　家族がいっしょに食事をするのはとても大切なことです。できれば、テレビをつけないで、きょうどんなことがあったか話をしながら食事をしましょう。そうすれば、きょうはお兄さんは元気があるなあ、お姉さんはよく笑うなあ、お父さんは疲れていそうだなあ、と家族の様子がよくわかります。上手に時間を作って、1週間に1回は、家族みんなでごはんを食べるようにしてみませんか。 └文法詳見 P112

> 30.31題 關鍵句
> 32題 關鍵句
> 33題 關鍵句

---

- □ 忙しい　忙碌的
- □ 勉強　唸書
- □ ひとりひとり　每一個人
- □ 違う　不同
- □ 家庭　家庭
- □ 増える　增多
- □ 難しい　困難的
- □ 例えば　比方説
- □ おはし　筷子
- □ 持ち方　(筷子的) 拿法
- □ 正しい　正確的
- □ ちゃんと　好好地

- □ 注意する　提醒；注意
- □ 食べ方　吃相；吃法
- □ 座り方　坐姿
- □ 元気　有精神；活力
- □ 疲れる　疲累
- □ 様子　様子
- □ 上手　高明；巧妙；擅長
- □ 暮らす　生活

請閱讀下列文章並回答問題。請從選項 1・2・3・4 當中選出一個最恰當的答案。

---

　　最近在日本，父母忙於工作，小孩忙著唸書，家人吃飯的時間都不同，像這樣的家庭日漸增多。特別是當小孩上了國中或高中，有了自己的時間，全家一起吃頓飯也似乎越來越難了。

　　獨自吃飯和跟別人一起吃飯是不同的。比方說，一個人的時候，拿筷子的方式即使不正確，坐姿再怎麼不好看，也不會有人提醒你；不過，和別人在一起的時候，就不得不注意吃相或坐姿了吧。

　　和家人一起用餐是非常重要的。如果可以，吃飯時不要打開電視，一邊用餐一邊聊聊今天發生了什麼事吧！如此一來，就能好好地觀察家人的樣子，像是今天哥哥很有精神、姊姊常常大笑、爸爸看起來很累等等。要不要試試看找出時間，一週至少一次和全家人吃頓飯呢？

---

| 段落主旨 | |
| --- | --- |
| 第一段 | 指出現在日本的用餐情況並說明原因。 |
| 第二段 | 說明獨自用餐和與他人用餐的不同。 |
| 第三段 | 點出全家一起吃飯的好處及重要性。 |

----------------------------------------------------- Answer 4

**30** 日本ではどのように食事をする人が増えていますか。

1 家族といっしょに食事をする人。

2 中学生や高校生の友だちと食事をする人。

3 お父さんやお母さんと食事をする人。

4 一人で食事をする人。

**30** 請問在日本日漸增多的是怎樣吃飯的人呢？

1 和家人一起吃飯的人。

2 和國中或高中同學一起吃飯的人。

3 和爸爸或媽媽吃飯的人。

4 獨自吃飯的人。

----------------------------------------------------- Answer 1

**31** 家族が違う時間に食事をするのはどうしてですか。

1 家族みんなが忙しいことが多いから。

2 一人で暮らしているから。

3 一人でいることが好きだから。

4 テレビを見ながら食べたいから。

**31** 請問為什麼家人都各自在不同的時間吃飯呢？

1 因為家人都有很多要忙的事。

2 因為自己一個人住。

3 因為喜歡自己一個人。

4 因為想邊看電視邊吃飯。

----------------------------------------------------- Answer 3

**32** 一人で食べるのとだれかといっしょに食べるのは、違いますとありますが、どんなことが違いますか。

1 食べるものが違います。

2 好きなものが違います。

3 食べ方や座り方が違います。

4 使うお茶碗やお皿が違います。

**32** 文章中提到獨自吃飯和跟別人一起吃飯是不同的，請問是什麼不同呢？

1 食物不同。

2 喜歡的東西不同。

3 吃相和坐姿不同。

4 使用的碗盤不同。

----------------------------------------------------- Answer 3

**33** 家族といっしょに食事をすると、どんないいことがありますか。

1 テレビをつけなくなります。

2 元気になります。

3 家族のことがよくわかります。

4 話が上手になります。

**33** 請問和家人一起用餐有怎樣的好處呢？

1 不再打開電視。

2 變得有精神。

3 瞭解家人。

4 講話變得有技巧。

解題攻略

　　這一題問題關鍵在「どのように」（怎樣），問的是吃飯時的狀態。

　　題目「增えていますか」（日漸增多）對應到文章中「家族ひとりひとりが違う時間に食事をする家庭が増えています」（家人吃飯的時間都不同，像這樣的家庭日漸增多），說明有越來越多的家庭都是家人獨自吃飯。

　　也可以用刪去法作答。「家族ひとりひとりが違う時間に食事をする家庭が增えています」（家人吃飯的時間都不同，像這樣的家庭日漸增多）因此 1、3 都是錯的。文章也沒提到「和國中或高中同學一起吃飯」，所以選項 2 也錯誤。

　　答案就在文章開頭第一句，「最近の日本では、お父さんお母さんが仕事で忙しかったり、子どもが勉強で忙しかったりで、家族ひとりひとりが違う時間に食事をする家庭が增えています」（最近在日本，父母忙於工作，小孩忙著唸書，家人吃飯的時間都不同，像這樣的家庭日漸增多），所以答案是 1。

　　「どうして」和「なぜ」一樣，都是用來詢問原因、理由的疑問詞。

　　「一人のときは、…でも、だれかといっしょのときには、…」（獨自一人的時候，…不過，和別人一起的時候…），這裡用兩個「は」和一個「でも」來點出「一人のとき」（獨自一人的時候）和「だれかといっしょのとき」（和別人一起的時候）的對比。提到一個人吃飯的時候，拿筷子的方式或是坐姿都有可能不正確，不過和別人吃飯時就會注意，正確答案是 3。

　　像這種劃底線的題型，通常都是用換句話詢問底線部分的意思，一定要掌握全文旨意。可以從底線部分的上下文來幫助理解，因為底線部分很有可能是前文的總結，或是後文的破題引言。

　　文章最後一段的最後寫道「きょうはお兄さんは元気があるなあ、お姉さんはよく笑うなあ、お父さんは疲れていそうだなあ、と家族の様子がよくわかります」（就能好好地觀察家人的樣子，像是今天哥哥很有精神、姊姊常常大笑、爸爸看起來很累等等），意思是全家人一同吃飯可以更瞭解家人，所以答案是 3。

　　問的是「どんな」（什麼樣的），所以要找出文章指出的具體內容。

**文法と萬用句型**

【動詞辭書形；動詞可能形】
＋ようになる。表示是能
力、狀態、行為的變化。大
都含有花費時間，使成為習
慣或能力。動詞「なる」表
示狀態的改變。

**1**　　　　＋ようになる　　（變得）…了

例句　練習して、200メートルぐらい
泳げるようになった。
練習後，能游兩百公尺左右了。

〔替換單字・短句〕
□ やっと箸を持てる　終於會用筷子
□ この曲を弾ける　會彈這首曲子
□ 家事をできる　會做家事

【名詞の；形容動詞詞幹な；
［形容詞・動詞］普通形】＋
ようだ。用在從各種情況推
測人或事物是後項的情況，
通常是說話人主觀的推測。

**2**　　　　＋ようだ

好像…；像…一樣的、如…似的

例句　公務員になるのは、難しいよ
うです。
要成為公務員好像很難。

【名詞の；動詞辭書形；動
詞た形】＋ようだ。把事物
的狀態、形狀、性質及動作
狀態，比喻成一個不同的其
他事物。

例句　白雪姫は、肌が雪のように白
く、美しかった。
白雪公主的肌膚像雪一樣白皙，非
常美麗。

【動詞辭書形；動詞否定形】
＋ようにする。表示說話人
將前項的行為、狀況當作
目標而努力，或是說話人建
議聽話人採取某動作、行為
時。

**3**　　　　＋ようにする

爭取做到…、設法使…；使其…

例句　エレベーターには乗らないで、
階段を使うようにしている。
現在都不搭電梯，而改走樓梯。

## ✏ 小知識大補帖

### ▶ 日本人的用餐禮儀

日本人非常講究用餐禮儀。用餐時，應拿著碗以碗就口，順序是先捧起碗再舉筷子。如果中途需要用別的碗，也應該先放下筷子，換碗後再重新拿筷子。用餐到一半時，台灣人多習慣將筷子橫放在碗上「休息」，但這個舉動對日本人而言非常不禮貌。在日本餐廳，餐桌上多有「筷架」，如果要將筷子放下，必須放於筷架之上，如果沒有筷架，可以用筷子的包裝摺一個。

另外，日語中有個俗語叫「迷い箸」，是指吃飯時不知道該夾哪一個，而把筷子懸在食物上挑選的行為。這種"舉筷不定"的行為也非常失禮。

其他在餐桌上不禮貌的行為還有「移り箸」，意思是夾了一道菜卻沒吃，緊接著又夾下一道菜。「刺し箸」是指將筷子插進食物中食用，這種用法在台灣稀鬆平常，但到了日本，這個行為也很不禮貌。

各國國情不同，沒有絕對的對錯。不過入境隨俗，如果到日本餐廳用餐，就尊重當地的文化與禮節吧！

チャレンジ編　STEP 1　STEP 2　応用編

つぎの文章を読んで、質問に答えてください。答えは、1・2・3・4から、いちばんいいものを一つえらんでください。

　夜おふろに入る人と朝おふろに入る人と、どちらが多いでしょうか。最近見たある雑誌には、80％の人が夜おふろに入っていると書いてありました。

　夜おふろに入る理由は、疲れた体をゆっくり休めることができるからと答えた人がほとんどでした。おふろで本を読んだり音楽を聴いたりするという人もいますし、最近では、テレビを見ながらおふろに入るという人も増えているそうです。中には何時間もおふろに入るという人もいて、驚きました。

　外国では、朝シャワーを浴びる人が多いですが、日本でもだいたい20％の人が朝おふろに入っています。女性より男性のほうが、朝おふろに入る人が多いそうで、これはとてもおもしろいことだと思いました。夜おふろに入っている人の中にも、もし時間があれば、朝おふろに入りたいという人もいました。

　このように、生活習慣はひとりひとり違います。結婚してから、おふろのことでけんかしたという人もいます。体をきれいにして、ゆっくり休めることが大切ですから、自分に合った方法でおふろを楽しむのがいいでしょう。

30 日本では、いつおふろに入る人が多いですか。

1 　夜

2 　朝

3 　朝と夜

4 　テレビを見るとき

31 夜おふろに入る理由は、どれが多いですか。

1 　疲れた体をゆっくり休めたいから。

2 　本を読んだり、音楽を聴いたりしたいから。

3 　テレビを見たいから。

4 　シャワーを浴びるのは大変だから。

32 作者はどんなことが<u>おもしろいこと</u>だと思いましたか。

1 　外国では、シャワーを浴びる人が少ないこと。

2 　日本でも20％ぐらいの人が、朝シャワーを浴びていること。

3 　女性より男性のほうが、朝おふろに入る人が多かったこと。

4 　男性より女性のほうが、朝おふろに入る人が多かったこと。

33 この文では、どのようにおふろを楽しむのがいいと言っ

ていますか。

1 　結婚してから楽しむほうがいいです。

2 　楽しむのではなく、体をきれいにしたり、休めたりしな

ければいけません。

3 　時間があれば、できるだけおふろに入って楽しむほうが

いいです。

4 　自分に合ったやり方で楽しむのがいいです。

つぎの文章を読んで、質問に答えてください。答えは、1・2・3・4から、いちばんいい
ものを一つえらんでください。

夜おふろに入る人と朝おふろに入る人と、どちらが多いでしょうか。最近見たある雑誌には、**80%の人が夜おふろに入っている**と書いてありました。

**30題 關鍵句**

**夜おふろに入る理由は、疲れた体をゆっくり休めることができるからと答えた人がほとんどでした。** おふろで本を読んだり音楽を聴いたりするという人もいますし、最近では、テレビを見ながらおふろに入るという人も増えているそうです。中には何時間もおふろに入るという人もいて、驚きました。

**31題 關鍵句**

文法詳見 P120

外国では、朝シャワーを浴びる人が多いですが、日本でもだいたい20%の人が朝おふろに入っています。**女性より男性のほうが、朝おふろに入る人が多いそうで、これはとてもおもしろいことだと思いました。** 夜おふろに入っている人の中にも、もし時間があれば、朝おふろに入りたいという人もいました。

**32題 關鍵句**

文法詳見 P120

文法詳見 P120

文法詳見 P121

このように、生活習慣はひとりひとり違います。結婚してから、おふろのことでけんかしたという人もいます。体をきれいにして、ゆっくり休めることが大切ですから、**自分に合った方法でおふろを楽しむのがいいでしょう。**

**33題 關鍵句**

- □ おふろに入る 洗澡；泡澡
- □ ある 某個
- □ 理由 理由
- □ ゆっくり 悠閒地
- □ 休める 能休息
- □ 答える 回答
- □ 驚く 令人吃驚
- □ 外国 國外
- □ シャワーを浴びる 【showerを浴びる】沖澡
- □ もし 如果

- □ 生活 生活
- □ 習慣 習慣
- □ 結婚する 結婚
- □ けんか 吵架
- □ 自分 自己
- □ 楽しむ 享受
- □ 大変 辛苦；糟糕
- □ やり方 做法

請閱讀下列文章並回答問題。請從選項 1・2・3・4 當中選出一個最恰當的答案。

> 晚上泡澡的人和早上泡澡的人，哪種人比較多呢？最近我看一本雜誌，上面寫說 80% 的人是在晚上泡澡。
>
> 關於在晚上泡澡的理由，大多數的人都回答「因為可以讓疲憊的身體獲得充分的休息」。有人會在泡澡的時候看書或聽音樂，而最近也越來越多人會邊看電視邊泡澡，其中有些人甚至可以一泡就泡好幾個鐘頭，真讓人大吃一驚。
>
> 在國外，早上沖澡的人很多，日本也有約 20% 的人會在早上泡澡。比起女性，聽說比較多的男性會在早上泡澡，我覺得這是個非常<u>有趣的現象</u>。習慣晚上泡澡的人當中，如果時間充足，也有人會想在早上泡澡。
>
> 像這樣每個人的生活習慣都不一樣。也有人結婚後因為洗澡的事情吵架。洗淨身體和充分休息是很重要的，不妨用適合自己的方法來享受泡澡吧。

**段落主旨**

| | |
|---|---|
| 第一段 | 開門見山點出晚上洗澡的人比較多。 |
| 第二段 | 承接上一段說明原因，並介紹各種洗澡習慣。 |
| 第三段 | 話題轉到早上洗澡的人的情況。 |
| 第四段 | 結論：每個人的洗澡習慣都不同，可以找出適合自己的方法。 |

---

Answer **1**

**30** 日本<sub>に ほん</sub>では、いつおふろに入<sub>はい</sub>る人<sub>ひと</sub>が多<sub>おお</sub>いですか。

1 夜<sub>よる</sub>　　　　2 朝<sub>あさ</sub>

3 朝<sub>あさ</sub>と夜<sub>よる</sub>　　4 テレビを見<sub>み</sub>るとき

**30** 請問在日本，什麼時候泡澡的人比較多呢？

1 晚上　　　　2 早上

3 早上和晚上　4 看電視時

---

Answer **1**

**31** 夜<sub>よる</sub>おふろに入<sub>はい</sub>る理由<sub>り ゆう</sub>は、どれが多<sub>おお</sub>いですか。

1 疲<sub>つか</sub>れた体<sub>からだ</sub>をゆっくり休<sub>やす</sub>めたいから。

2 本<sub>ほん</sub>を読<sub>よ</sub>んだり、音楽<sub>おんがく</sub>を聴<sub>き</sub>いたりしたいから。

3 テレビを見<sub>み</sub>たいから。

4 シャワーを浴<sub>あ</sub>びるのは大変<sub>たいへん</sub>だから。

**31** 請問晚上泡澡最多的理由是什麼？

1 因為想讓疲累的身體充分休息。

2 因為想看書或聽音樂。

3 因為想看電視。

4 因為沖澡很麻煩。

---

Answer **3**

**32** 作者<sub>さくしゃ</sub>はどんなことがおもしろいことだと思<sub>おも</sub>いましたか。

1 外国<sub>がいこく</sub>では、シャワーを浴<sub>あ</sub>びる人<sub>ひと</sub>が少<sub>すく</sub>ないこと。

2 日本<sub>に ほん</sub>でも20%<sub>パーセント</sub>ぐらいの人<sub>ひと</sub>が、朝<sub>あさ</sub>シャワーを浴<sub>あ</sub>びていること。

3 女性<sub>じょせい</sub>より男性<sub>だんせい</sub>のほうが、朝<sub>あさ</sub>おふろに入<sub>はい</sub>る人<sub>ひと</sub>が多<sub>おお</sub>かったこと。

4 男性<sub>だんせい</sub>より女性<sub>じょせい</sub>のほうが、朝<sub>あさ</sub>おふろに入<sub>はい</sub>る人<sub>ひと</sub>が多<sub>おお</sub>かったこと。

**32** 請問作者覺得什麼是有趣的現象呢？

1 在國外沖澡的人很少。

2 在日本也約有 20%的人會在早上沖澡。

3 早上泡澡的男性比女性多。

4 早上泡澡的女性比男性多。

---

Answer **4**

**33** この文<sub>ぶん</sub>では、どのようにおふろを楽<sub>たの</sub>しむのがいいと言<sub>い</sub>っていますか。

1 結婚<sub>けっこん</sub>してから楽<sub>たの</sub>しむほうがいいです。

2 楽<sub>たの</sub>しむのではなく、体<sub>からだ</sub>をきれいにしたり、休<sub>やす</sub>めたりしなければいけません。

3 時間<sub>じ かん</sub>があれば、できるだけおふろに入<sub>はい</sub>って楽<sub>たの</sub>しむほうがいいです。

4 自分<sub>じ ぶん</sub>に合<sub>あ</sub>ったやり方<sub>かた</sub>で楽<sub>たの</sub>しむのがいいです。

**33** 請問這篇文章説要如何享受泡澡呢？

1 結了婚再來享受比較好。

2 不是享受，而是一定要把身體洗乾淨並休息。

3 有時間的話，盡可能地泡澡享受比較好。

4 用適合自己的方法來享受比較好。

**解題攻略**

　這一題問題重點放在人數較多的洗澡時段。解題關鍵在第二行的「80％の人が夜おふろに入っている」（80％的人是在晚上泡澡），可見「夜」（晚上）佔多數，正確答案是１。

　問的是「夜おふろに入る理由」（晚上泡澡的理由），答案就在第二段一開始「夜おふろに入る理由は、疲れた体をゆっくりと休めることができるからと答えた人がほとんどでした」（在晚上泡澡的理由，大多數的人都回答因為可以讓疲憊的身體獲得充分的休息）。由此可知「疲れた体をゆっくりと休めたいから」（讓疲憊的身體獲得充分的休息）就是正確答案，也就是選項１。

> 解題關鍵在「ほとんど」（大多數），這是「大部分」、「幾乎」的意思，正好對應問題中的「多い」（多的）。

　劃線部分「これはとてもおもしろいことだと思いました」（我覺得這是個非常有趣的現象），可見「これ」＝「おもしろいこと」。

　指示詞「これ」（這）是指前文中距離「これ」出現的地方最近的事物。根據這個解題原則，會發現這一題「これ」是指「女性より男性のほうが、朝おふろに入る人が多いそうで」（比起女性，聽說比較多的男性會在早上泡澡），正確答案是３。

> 這一題考的是劃線部分的具體內容，不妨回到文章中找出劃線部分，解題線索通常就藏在上下文當中。

　問題當中的「おふろを楽しむ」（享受泡澡）可以在文章的最後一句找到：「自分に合った方法でおふろを楽しむのがいいでしょう」（不妨用適合自己的方法來享受泡澡吧），問的是方法，解題關鍵就在「自分に合った方法で」（適合自己的方法），所以正確答案是４。

> 選項４的「やり方」（方法）是「動詞ます形＋方」（「方」唸成「かた」）的用法，表示做某個動作的方法。

✐ 文法と萬用句型

【名詞；普通形】＋という。
用於針對傳聞、評價、報導、
事件等內容加以描述或說
明。前面接名詞，表示後項
的人名、地名等名稱。

**1** ◻ ＋という　…的…；叫做…

例句 台風が近づいたというニュー
スを見た。

看到颱風接近的新聞。

例句 最近、堺照之という俳優は人気
があります。

最近有位名叫堺照之的演員很受歡
迎。

〔替換單字・短句〕
◻ 桜・映画　櫻花・電影
◻ クレマチス・花　鐵線蓮・花

---

【名詞；[形容詞・動詞]普
通形】＋より(も、は)＋【名
詞の；[形容詞・動詞]普
通形；形容動詞詞幹な】＋
ほう。表示對兩件事物進行
比較後，選擇後者。「ほう」
是方面之意。被選上的用
「が」表示。

**2** ◻ ＋より＋ ◻ ＋ほう

…比…、比起…，更…

例句 暇よりは忙しい方がいいで
す。

比起空閒，更喜歡忙碌。

---

【[名詞・形容詞・形容動詞・
動詞]普通形】＋とおもう。
表示說話者有這樣的想法、
感受、意見。「とおもう」
只能用在第一人稱。前面接
名詞或形容動詞時要加上
「だ」。

**3** ◻ ＋と思う　覺得

…、認為…、我想…、我記得…

例句 吉村先生の授業は、面白いと
思います。

我覺得吉村老師的課很有趣。

〔替換單字・短句〕
◻ 大変だ　很辛苦　◻ 簡単だ　很簡單

4 ⬜⬜⬜ ＋ば 如果…的話、假如…、如果…就…

**例句** 雨が降れば、空気がきれいになる。
下雨的話，空氣就會變得十分清澄。

【形容詞・動詞】假定形；[名詞・形容動詞]假定形】＋ば。敘述一般客觀事物的條件關係。如果前項成立，後項就一定會成立。或後接意志或期望等詞，表示後項受到某種條件的限制。

## ❷ 小知識大補帖

### ▶ 結果好就一切都好

　　日語中有句「ことわざ」（俗諺）叫做「終わりよければ全てよし」，意思是 "結果好就一切都好"。這裡的「よければ」就是用了文法「～ば」。而最後的「よし」則是「よい」（好）的古語用法。

### ▶ 日本的公共澡堂

　　到日本一定要體驗的就是公共澡堂了！日本的「銭湯」（公共澡堂）在六世紀時就已經存在，當時傳入日本的佛教認為要侍奉神明的人必須先洗去髒污。而日本人也相信泡澡不只是洗去身體的髒污，也是洗去俗世的汙垢，所以後來才產生了提供大眾泡澡的「銭湯」。

つぎの文章を読んで、質問に答えてください。答えは、1・2・3・4から、いちばんいいものを一つえらんでください。

　日本人は日記が好きだと言われています。日本では、日記に使うノートだけを作っている会社もあります。

　小学生のときには、夏休みの宿題に日記がありました。日記には、その日どんなことをしたか、どこへ行ったか、何を思ったかなどを書きました。何かしたことがある日はいいのですが、夏休みは長いですから、したことが何もない日もあります。そんな日は書くことがないので、とても困ったことを覚えています。

　最近は、インターネットを使って日記を書く人が増えてきました。インターネットに何かを書くのは、前は難しかったのですが、今では簡単な方法があって、これを「ブログ」といいます。日本語で書かれたブログは英語で書かれたものよりも多く、世界でいちばん多いそうです。日本人は、ほかの国の人よりも、書くことが好きだと言えるでしょう。

　日記を書くことに、どのようないい点があるか考えてみました。例えば、その日のよかったこと、悪かったことを思い出して、次はどうすればいいか考えることができます。また、子どもがいる人は、子どもが大きくなる様子を書いておけば、将来大きくなったときに見せてあげることもできます。いろいろな使い方がありますね。

30 この人は、夏休みの日記にどんなことを書きましたか。

1 おもしろいこと

2 思い出したこと

3 困ったこと

4 したこと、行ったところ、思ったこと

31 この人は、夏休みに日記を書くとき、どんなことに困りましたか。

1 何をしたかすぐに忘れてしまうこと。

2 書くことがたくさんあって、全部は書けないこと。

3 何もしなかった日に、書くことがないこと。

4 日記を書くのに、時間がかかること。

32 日本語で書かれた「ブログ」は世界でいちばん多いとありますが、ここからどんなことがわかりますか。

1 日本人はインターネットが好きだということ。

2 日本人は書くことが好きだということ。

3 日本人は日記に使うノートが好きだということ。

4 日本人は書いたものを子どもに見せるのが好きだということ。

33 ここではどのような日記の使い方が紹介されていますか。

1 自分や子どものための日記の使い方。

2 夏休みを楽しく過ごすための日記の使い方。

3 外国の人と仲よくなるための日記の使い方。

4 英語が上手になるための日記の使い方。

つぎの文章を読んで、質問に答えてください。答えは、1・2・3・4から、いちばんいいものを一つえらんでください。

日本人は日記が好きだと言われています。日本では、日記に使うノートだけを作っている会社もあります。

小学生のときには、夏休みの宿題に日記がありました。**日記には、その日どんなことをしたか、どこへ行ったか、何を思ったかなどを書きました。**何かしたことがある日はいいのですが、夏休みは長いですから、**したことが何もない日もあります。そんな日は書くことがないので、とても困ったことを覚えています。**

最近は、インターネットを使って日記を書く人が増えてきました。インターネットに何かを書くのは、前は難しかったのですが、今では簡単な方法があって、これを「ブログ」といいます。日本語で書かれたブログは英語で書かれたものよりも多く、世界でいちばん多いそうです。**日本人は、ほかの国の人よりも、書くことが好きだと言えるでしょう。**

日記を書くことに、どのようないい点があるか考えてみました。例えば、**その日のよかったこと、悪かったことを思い出して、次はどうすればいいか考えることができます。また、子どもがいる人は、子どもが大きくなる様子を書いておけば、将来大きくなったときに見せてあげることもできます。**いろいろな使い方がありますね。

└文法詳見 P128

30題 關鍵句

31題 關鍵句

32題 關鍵句

33題 關鍵句

---

□ 日記　日記
□ 会社　公司
□ ノート【note】筆記本
□ 夏休み　暑假
□ 宿題　作業
□ 困る　困擾
□ 覚える　記得
□ インターネット
　【Internet】網路
□ 使う　利用；使用

□ 前　以前
□ 簡単　簡単
□ ブログ　部落格
□ 世界　世界
□ 思い出す　想起
□ 将来　將來
□ いろいろ　各式各様
□ 使い方　使用方法
□ 過ごす　度過
□ 仲よい　感情融洽

請閱讀下列文章並回答問題。請從選項 1・2・3・4 當中選出一個最恰當的答案。

---

很多人説日本人喜歡日記，在日本甚至有只製作日記本的公司。

小學時期的暑假作業要寫日記。日記裡面寫説那天做了什麼、去了哪裡、在想什麼等等。有事情做的日子倒還好，不過暑假很漫長，所以有的時候沒有事情可以做。這種日子沒有什麼好寫，我還記得我因此感到十分困擾。

最近有越來越多人利用網路寫日記。以前要在網路上寫東西是件難事，不過現在有了簡單的方法，就叫作「部落格」。用日語寫的部落格比用英語寫的部落格還多，據説是全世界最多的。日本人可以説是比其他國家的人還喜歡寫東西吧？

我試著想想寫日記這個行為有什麼樣的好處。比方説可以回想當天的好事、壞事，思考下次該如何應對。還有，有小孩的人也可以寫寫小孩的成長史，等到長大後再拿給他看。有各式各樣的使用方法呢。

---

**段落主旨**

| 第一段 | 破題點出日本人喜愛日記。 |
| 第二段 | 作者回憶起小學時期暑假寫日記的情形。 |
| 第三段 | 話題轉到網路部落格，再次證明日本人喜歡寫日記。 |
| 第四段 | 説明日記的好處、用法。 |

Answer　**4**

30 この人は、夏休みの日記にどんな
ことを書きましたか。

1 おもしろいこと
2 思い出したこと
3 困ったこと
4 したこと、行ったところ、思ったこと

30 請問這個人在暑假的日記裡寫了
什麼呢？

1 有趣的事物
2 回想起來的事物
3 困擾的事情
4 做過的事、去過的地方、想法

---

Answer　**3**

31 この人は、夏休みに日記を書くと
き、どんなことに困りましたか。

1 何をしたかすぐに忘れてしまうこと。
　└文法詳見 P128
2 書くことがたくさんあって、全部
は書けないこと。
3 何もしなかった日に、書くことが
ないこと。
4 日記を書くのに、時間がかかること。

31 請問這個人暑假寫日記的時候，
對什麼感到很困擾呢？

1 很快地就忘記自己做過什麼。
2 要寫的東西太多了，寫不下全部。
3 沒做什麼的日子沒東西好寫。
4 寫日記很花時間。

---

Answer　**2**

32 日本語で書かれた「ブログ」は世界
でいちばん多いとありますが、ここ
からどんなことがわかりますか。

1 日本人はインターネットが好きだ
ということ。
2 日本人は書くことが好きだということ。
3 日本人は日記に使うノートが好き
だということ。
4 日本人は書いたものを子どもに見
せるのが好きだということ。
　└文法詳見 P129

32 文章裡面提到用日語寫的部落格
是全世界最多，請問從這邊可以
得知什麼事情？

1 日本人很喜歡上網。
2 日本人喜歡寫東西。
3 日本人很喜歡日記本。
4 日本人喜歡把寫下的東西給小孩
看。

---

Answer　**1**

33 ここではどのような日記の使い方
が紹介されていますか。

1 自分や子どものための日記の使い方。
2 夏休みを楽しく過ごすための日記
の使い方。
3 外国の人と仲よくなるための日記
の使い方。
4 英語が上手になるための日記の使い方。

33 請問這篇介紹了什麼樣的日記使
用方法呢？

1 為了自己或小孩的日記使用方法。
2 為了快樂過暑假的日記使用方法。
3 為了和外國人相處融洽的日記使
用方法。
4 為了增進英文能力的日記使用方
法。

## 解題攻略

這一題重點放在「夏休み」（暑假），我們可以從第二段找出答案。問題中的「書きましたか」（寫了）剛好可以對應內容：「日記には、その日どんなことをしたか、どこへ行ったか、何を思ったかなどを書きました」（日記裡面寫說那天做了什麼、去了哪裡、在想什麼等等），因此正確答案是 4。

---

問題中的「困りました」（困擾）對應「そんな日は書くことがないので、とても困ったことを覚えています」（這種日子沒有什麼好寫，我還記得我因此感到十分困擾）。"這種日子"是指「したことが何もない日」（什麼也沒做的日子），這句話可以還原成選項「何もしなかった日」（沒做什麼的日子）。正確答案是 3。

> 「～に困る」表示為了某件事物感到困擾，格助詞要用「に」（為了…），有時也可以用「で」（因為…）。「～を覚えている」意思是「還記得…」，表示有某段記憶，要用「～ている」。

---

劃線部分提到「日本語で書かれたブログは英語で書かれたものよりも多く、世界でいちばん多いそうです」（用日語寫的部落格比用英語寫的部落格還多，據說是全世界最多的），並且下一句補充道「日本人は、ほかの国の人よりも、書くことが好きだと言えるでしょう」（日本人可以說是比其他國家的人還喜歡寫東西吧），由此可知正確答案是 2。

> 文章當中有講到「ブログ」（部落格）的部分是在第三段。這一題考的是劃線部分的具體內容，遇到這種題型不妨回到文章中找出劃線部分，解題線索通常就藏在上下文當中。

---

這一題問「使い方」（使用方法），對應第四段最後一句「いろいろな使い方がありますね」（有各式各樣的使用方法呢），所以可以從這裡找答案。

關鍵在最後「その日のよかったこと、…。また、子どもがいる人は、子どもが大きくなる様子を書いておけば、将来大きくなったときに見せてあげることもできます」（當天的好事……。還有，有小孩的人也可以寫寫小孩的成長史，等到長大後再拿給他看），由此可知答案是 1。

> 「～おけば」（先…的話）是「～ておく」（先…）加上表示假設的「ば」（如果），意思是"如果先…的話"。

📝 文法と萬用句型

---

【動詞て形】＋くる。保留「来る」的本意，也就是由遠而近，向說話人的位置、時間點靠近。或表示狀態漸漸改變。

**❶　　　　＋てくる**
…來…；…起來…；…過來；…（然後再）來…

**例句** 日本語を学ぶ人が増えてきました。
學習日語的人逐漸增加了。

---

【動詞て形】＋おく。表示考慮目前的情況，採取應變措施，將某種行為的結果保持下去。「…著」的意思；也表示為將來做準備，事先採取某種行為。

**❷　　　　＋ておく**　…著；先…、暫且…

**例句** 結婚する前に料理を習っておきます。
結婚前先學會做菜。

〔替換單字・短句〕
□ 趣味を作って　培養興趣
□ いろんな所へ旅行して　去很多地方旅行

※「ておけば」為「ておく」的假定形。是「ておく」後加接續助詞「ば」的形式。

---

【動詞て形】＋あげる。表示自己或站在一方的人，為他人做前項利益的行為。是「～てやる」的客氣說法。

**❸　　　　＋てあげる**　（為他人）做…

**例句** 私は友達に本を１冊買ってあげた。
我買一本書給朋友。

〔替換單字・短句〕
□ 傘を貸して　借傘
□ 中国語を教えて　教中文

---

【動詞て形】＋しまう。表示出現了說話人不願意看到的結果，含有遺憾、惋惜、後悔等語氣，這時候一般接的是無意志的動詞，或表示動作或狀態的完成。

**❹　　　　＋てしまう**　表感慨；…完

**例句** 失敗してしまって、悲しいです。
失敗了很傷心。

---

**5** ☐ ＋（さ）せる　　讓…、叫…

〔例句〕**親が子どもに部屋を掃除させた。**

父母讓小孩整理房間。

〔替換單字・短句〕
☐ **料理をつくら** 做飯
☐ **家事を覚えさ** 學做家事

【［一段動詞・カ變動詞］使役形；サ變動詞詞幹】＋させる；【五段動詞使役形】＋せる。表示某人用言行促使他人自然地做某種行為。或表示某人強迫他人做某事。

つぎの文章を読んで、質問に答えてください。答えは、1・2・3・4から、いちばんいいものを一つえらんでください。

　わたしの母はことし60歳になったので、30年間働いた会社をやめました。これまでは、毎朝5時に起きてお弁当を作ってから、会社に行っていました。家に帰ってからも、ちょっと休むだけで、すぐに晩ごはんを作ったり、洗たくしたりしなければならないので、いつもとても忙しそうでした。母はよく1日が24時間では時間が足りないと言っていました。わたしもたまには家のことを手伝いましたが、たいていはお皿を洗うだけでした。今では、あのころもっと母の手伝いをしてあげればよかったと、申し訳ない気持ちでいっぱいです。

　母は会社をやめてやっと自分の時間ができたと言っています。最近は健康のために運動を始めたようですし、ほかにも、新しい趣味がいろいろできたようです。例えば、タオルで人形を作って、近所の子どもにあげたり、踊りを習いに行ったりしています。今の母は、働いていたころよりも、元気そうです。さっきは友だちからぶどうジャムの作り方を教えてもらったから、自分でもやってみると言って、スーパーに材料を買いに出かけました。こんな母を見るとわたしもうれしくなります。

チャレンジ編

STEP 1

STEP 2

応用編

30 この人のお母さんは、仕事をやめる前はどんな様子でしたか。

1 「わたし」がよく手伝ったので、家ではゆっくりしていました。

2 忙しくてゆっくり休む時間もあまりありませんでした。

3 昔のほうが今よりも元気でした。

4 毎日忙しかったですが、自分の時間も十分にありました。

31 この人のお母さんは最近どのように過ごしていますか。

1 前からやっている運動を続けています。

2 毎日ぶどうジャムを作っています。

3 人形を作ったり、踊りを習ったりしています。

4 仕事が忙しいので、自分の時間がありません。

32 こんな母とありますが、どんな様子ですか。

1 毎日会社で一生懸命働いている様子。

2 毎日仕事で忙しくて、休む時間もあまりない様子。

3 毎日趣味や運動で元気そうに過ごしている様子。

4 毎日スーパーにジャムの材料を買いに行く様子。

33 このあと、この人のお母さんはどこにいるはずですか。

1 会社にいるはずです。

2 スーパーにいるはずです。

3 踊りの教室にいるはずです。

4 近所の子どもの家にいるはずです。

つぎの文章を読んで、質問に答えてください。答えは、1・2・3・4から、いちばんいい
ものを一つえらんでください。

わたしの母はことし60歳になったので、30年間働いた会社をやめました。こ **30題 關鍵句**
れまでは、毎朝5時に起きてお弁当を作ってから、会社に行っていました。家
に帰ってからも、ちょっと休むだけで、すぐに晩ごはんを作ったり、洗たくし
たりしなければならないので、いつもとても忙しそうでした。母はよく1日が
24時間では時間が足りないと言っていました。わたしもたまには家のことを手
伝いましたが、たいていはお皿を洗うだけでした。今では、あのころもっと母
の手伝いをしてあげればよかったと、申し訳ない気持ちでいっぱいです。
└文法詳見 P136

母は会社をやめてやっと自分の時間ができたと言っています。最近は健康の
ために運動を始めたようですし、ほかにも、新しい趣味がいろいろできたよう **31.32題 關鍵句**
です。例えば、タオルで人形を作って、近所の子どもにあげたり、踊りを習い
に行ったりしています。今の母は、働いていたころよりも、元気そうです。さっ
きは友だちからぶどうジャムの作り方を教えてもらったから、自分でもやって **33題 關鍵句**
みると言って、スーパーに材料を買いに出かけました。こんな母を見るとわた
└文法詳見 P136　　　　　　　　　　　　　　　└文法詳見 P136
しもうれしくなります。

---

□ やめる　辭去（工作）　　　□ 教える　教導
□ たまに　偶爾　　　　　　　□ 材料　材料
□ やっと　終於　　　　　　　□ 昔　以前
□ 運動　運動　　　　　　　　□ 十分　十足；非常
□ タオル【towel】毛巾　　　□ 続ける　持續；繼續
□ 人形　娃娃　　　　　　　　□ 一生懸命　拚命
□ 近所　附近　　　　　　　　□ 教室　教室
□ 踊り　舞蹈
□ 習う　學習
□ ぶどう　葡萄
□ ジャム【jam】果醬
□ 作り方　製作方式

請閱讀下列文章並回答問題。請從選項 1・2・3・4 當中選出一個最恰當的答案。

---

　　我的母親今年滿 60 歲，離開了她工作 30 年的公司。在此之前，她每天早上 5 點起來做便當，接著再去上班。回到家後她也只能休息一下，馬上就要去煮晚餐、洗衣服，所以看起來總是很忙碌。她以前常説一天 24 個小時不夠用。我有時也會幫忙做家事，可是大概都僅只於洗碗而已。現在回想起來，都覺得當時應該要多幫母親做家事才對，覺得十分愧疚。

　　母親現在説她離職後終於有了自己的時間。最近為了健康她似乎開始運動，而且還培養許多新的興趣。比如説，利用毛巾做娃娃送給住附近的小孩，或是去學跳舞。比起上班時期，母親現在看起來有精神多了。剛剛她還向朋友學了葡萄果醬的製作方式，説自己也要來試試看，就出門去超市買材料了。看到像這樣的母親我也跟著開心起來。

---

**段落主旨**

| 第一段 | 敘述母親離職前的忙碌生活。 |
|---|---|
| 第二段 | 説明母親離職後的改變。 |

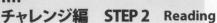

**Answer 2**

**30** この人のお母さんは、仕事をやめる前はどんな様子でしたか。

1 「わたし」がよく手伝ったので、家ではゆっくりしていました。

2 忙しくてゆっくり休む時間もあまりありませんでした。

3 昔のほうが今よりも元気でした。

4 毎日忙しかったですが、自分の時間も十分にありました。

**30** 請問這個人的母親在辭掉工作前過得如何呢？

1「我」常常幫她的忙，所以母親在家裡都很悠閒。

2 忙得連好好休息的時間都很少。

3 以前比現在還有精神。

4 雖然每天都很忙，但很有自己的時間。

**Answer 3**

**31** この人のお母さんは最近どのように過ごしていますか。

1 前からやっている運動を続けています。

2 毎日ぶどうジャムを作っています。

3 人形を作ったり、踊りを習ったりしています。

4 仕事が忙しいので、自分の時間がありません。

**31** 請問這個人的母親最近過得如何呢？

1 持續做之前一直有在做的運動。

2 每天都在做葡萄果醬。

3 製作娃娃或是去學跳舞。

4 忙於工作，沒自己的時間。

**Answer 3**

**32** こんな母とありますが、どんな様子ですか。

1 毎日会社で一生懸命働いている様子。

2 毎日仕事で忙しくて、休む時間もあまりない様子。

3 毎日趣味や運動で元気そうに過ごしている様子。

4 毎日スーパーにジャムの材料を買いに行く様子。

**32** 文章提到像這樣的母親，請問是指什麼樣子的呢？

1 每天在公司拚命工作的樣子。

2 每天都忙於工作，沒什麼時間休息的樣子。

3 每天都因為興趣或運動而精神奕奕的樣子。

4 每天都去超市買果醬材料的樣子。

**Answer 2**

**33** このあと、この人のお母さんはどこにいるはずですか。
└文法辞見 P136

1 会社にいるはずです。

2 スーパーにいるはずです。

3 踊りの教室にいるはずです。

4 近所の子どもの家にいるはずです。

**33** 請問之後這個人的母親應該人在哪裡呢？

1 應該在公司。

2 應該在超市。

3 應該在舞蹈教室。

4 應該在附近的小朋友的家。

　　文章第一段提到離職前母親「每朝５時に起きて…、いつもとても忙しそうでした」（每天早上５點起來…看起來總是很忙碌）。因此正確答案是２。

> 也可以用刪去法作答：
> 　選項１，文中提到作者後悔當時沒有多幫母親做家事。
> 　選項３，文中提到母親離職後比以前更有精神。
> 　選項４，文中提到母親說離職後終於有了自己的時間。

　　「最近…運動をはじめた」表示運動是最近才開始的，所以選項１錯誤。

　　「さっきは友だちからぶどうジャムの作り方を教えてもらったから」（剛剛她還向朋友學了葡萄果醬的製作方式），所以選項２是錯的。

　　文中提到「例えば、タオルで人形を作って、…」（比如説，利用毛巾做娃娃…），選項３正確。

　　由於作者母親現在沒有工作了，所以選項４錯誤。

> 這一題問的是「最近」的情況，也就是作者母親離職後的生活，答案在第二段。為了節省時間，可以用刪去法作答。

　　「こんな母」（這樣的母親）指的是「離職後的母親」。

　　根據文章可知母親離職後培養了許多新的興趣，像是利用毛巾做娃娃和去學跳舞，比上班時更有精神了。所以正確答案是３。

> 也可以用刪去法作答：
> 　選項１，母親現在沒上班了。
> 　選項２，沒什麼時間休息是離職前的母親。
> 　選項４，今天才要嘗試製作果醬。

　　問題關鍵在「このあと」（之後）和「どこ」（哪裡），要掌握時間點和場所位置。

　　解題關鍵在「スーパーに材料を買いに出かけました」（就出門去超市買材料了），所以她等一下應該會抵達超市。正確答案是２。

### ✦ 文法と萬用句型

【動詞て形】＋あげる。表示自己或站在一方的人，為他人做前項利益的行為。是「～てやる」的客氣説法。

**❶ ＿＿＿＋てあげる** （為他人）做…

**例句** 花子、写真を撮ってあげましょうか。

花子，我來替妳拍張照片吧！

※「てあげれば」為「てあげる」的假定形。是「てあげる」後加接續助詞「ば」的形式。

---

【動詞て形】＋もらう。表示請求別人做某行為，且對那一行為帶著感謝的心情。接受人跟給予人大多是地位、年齡同等的同輩。給予人也可以是晚輩。

**❷ ＿＿＿＋てもらう**

（我）請（某人為我做）…

**例句** 高橋さんに安いアパートを教えてもらいました。

我請高橋先生介紹我便宜的公寓。

---

【動詞て形】＋みる。「みる」是由「見る」延伸而來的抽象用法，常用平假名書寫。表示嘗試著做前接的事項，是一種試探性的行為或動作，一般是肯定的説法。

**❸ ＿＿＿＋てみる** 試著（做）…

**例句** 最近話題になっている本を読んでみました。

我看了最近熱門話題的書。

---

【名詞の；形容動詞詞幹な；［形容詞・動詞］普通形】＋はずだ。表示説話人根據事實或理論來推測結果。

**❹ ＿＿＿＋はずだ**

（按理説）應該…；怪不得…

**例句** 土曜日ですか。大丈夫なはずです。

星期六嗎？（我）應該沒問題。

〔替換單字・短句〕
□ 休みの　是休假
□ 間に合わない　趕不上
□ 家にいる　在家

ℹ️ **小知識大補帖**

▸ **你今天帶便當了嗎？**

　　日本人可以說是把「お弁当」（便當）發揮得最淋漓盡致的民族。「愛妻弁当」（愛妻便當）是指妻子為丈夫準備的「手作り弁当」（親手做的便當）。由於日本社會至今仍以男主外、女主內為常態，專職主婦早起替家人準備中午的便當就成了他們每天的工作之一。「キャラ弁」（卡通便當）是媽媽為了幫助小孩克服偏食，使用各式食材把製作成卡通人物、動物等形象的便當。「駅弁」（鐵路便當）則是各車站或列車內所販售的便當，菜色和包裝通常會結合當地特產和特色，很有「地域限定」（地區限定）的感覺。

つぎの文章を読んで、質問に答えてください。答えは、1・2・3・4から、いちばんいいものを一つえらんでください。

　きょうのお昼は、①レストランで食事をしました。友だちのお兄さんが以前アルバイトしていたアメリカ料理のレストランです。きょうはそのお兄さんがご馳走してくれるということで、友だちと3人で行きました。お兄さんが前からよく「ここは値段は安くて、量も多いし、すごくおいしいんですよ。」と言っていたので、行く前からとても楽しみでした。それに、これまでアメリカ料理のレストランには行ったことがなかったので、どんな料理があるのか、とても興味がありました。

　はじめにスープとサラダが出てきました。どちらもとてもおいしかったので、すぐに食べ終わりました。そのあと、お肉が出てきました。すごく大きかったので、びっくりしましたが、お兄さんが「これは、このお店でいちばん小さいサイズなんですよ。」と言ったので、もっと驚きました。お肉はとてもおいしかったのですが、どんなに頑張っても、②半分しか食べられませんでした。そのあと、デザートにケーキとアイスクリームもありましたが、わたしと友だちはもうおなかいっぱいで入りませんでした。でも、お兄さんは両方とも一口で食べてしまいました。わたしはそれを見て、③すごいなと思いました。

**30** どんな①レストランに行きましたか。

1 アメリカにあるレストラン

2 友だちのお兄さんがアルバイトしているレストラン

3 アメリカ料理が食べられるレストラン

4 値段があまり安くないレストラン

**31** 「わたし」が全部食べたのはどれですか。

1 スープとサラダ

2 スープとお肉

3 サラダとお肉

4 お肉とケーキ

**32** ②半分しか食べられませんでしたとありますが、なぜですか。

1 スープとサラダをたくさん食べ過ぎたので。

2 あまりおいしくなかったので。

3 お肉が「わたし」には大き過ぎたので。

4 デザートのケーキとアイスクリームを食べたかったので。

**33** ③すごいなと思いましたとありますが、何をすごいと思いましたか。

1 アメリカ料理がとてもおいしかったこと。

2 お兄さんがとてもたくさん食べたこと。

3 わたしがケーキもアイスクリームも食べなかったこと。

4 料理の値段がとても安かったこと。

つぎの文章を読んで、質問に答えてください。答えは、1・2・3・4から、いちばんいい
ものを一つえらんでください。

きょうのお昼は、①レストランで食事をしました。友だちのお兄さんが以前
アルバイトしていたアメリカ料理のレストランです。きょうはそのお兄さんが
ご馳走してくれるということで、友だちと3人で行きました。お兄さんが前か
└文法詳見 P144
らよく「ここは値段は安くて、量も多いし、すごくおいしいんですよ。」と言っ
ていたので、行く前からとても楽しみでした。それに、これまでアメリカ料理
のレストランには行ったことがなかったので、どんな料理があるのか、とても
興味がありました。

はじめにスープとサラダが出てきました。どちらもとてもおいしかったの
で、すぐに食べ終わりました。そのあと、お肉が出てきました。すごく大きかっ
└文法詳見 P144
たので、びっくりしましたが、お兄さんが「これは、このお店でいちばん小さ
いサイズなんですよ。」と言ったので、もっと驚きました。お肉はとてもおい
しかったのですが、どんなに頑張っても、②半分しか食べられませんでした。
└文法詳見 P144
そのあと、デザートにケーキとアイスクリームもありましたが、わたしと友だ
ちはもうおなかいっぱいで入りませんでした。でも、お兄さんは両方とも一口
で食べてしまいました。わたしはそれを見て、③すごいなと思いました。
└文法詳見 P144

（右側欄外）
30 題
關鍵句

31 題
關鍵句

32 題
關鍵句

33 題
關鍵句

---

□ アルバイト 【(徳)
　arbeit】 打工
□ ご馳走　請客；招待
□ 値段　價位；價錢
□ 楽しみ　期待
□ スープ【soup】 湯
□ 食べ終わる　吃完
□ お肉　肉
□ びっくり　嚇一跳
□ サイズ【size】 大
　小；尺寸
□ 半分　一半

□ 両方　兩個；兩者
□ すごい　厲害

請閱讀下列文章並回答問題。請從選項 1・2・3・4 當中選出一個最恰當的答案。

---

今天中午我在①餐廳吃飯。這是我朋友的哥哥以前打工過的美式餐廳。今天這位哥哥說要請我們吃飯，所以加上朋友，我們三人一起去。朋友的哥哥以前就常說「這裡價位雖然很便宜，不過份量很多，很好吃喔」，所以我在去之前就非常期待。再加上我從來都沒去過美式餐廳，不知會有什麼料理，因此我更是感興趣。

一開始端上桌的是湯和沙拉。兩道都非常美味，所以我很快就吃完了。之後上桌的是肉。肉大到我嚇了一跳，不過朋友的哥哥卻說：「這是這家店最小塊的喔」，更是讓我大吃一驚。肉的味道雖然很棒，可是不管我怎麼努力，②還是只吃了一半。之後雖然也有蛋糕和冰淇淋等甜點，但我和朋友肚子實在是太撐了，根本吃不下。不過，朋友的哥哥兩樣都一口吃光，看到那情景，③我實在是佩服不已。

---

**段落主旨**

| 第一段 | 交代上餐廳的理由，以及光顧前的心情。 |
|--------|----------------------------------------|
| 第二段 | 敘述整個吃飯的過程。 |

Answer 3

30 どんな①レストランに行きましたか。

1 アメリカにあるレストラン
2 友だちのお兄さんがアルバイトしているレストラン
3 アメリカ料理が食べられるレストラン
4 値段があまり安くないレストラン

30 請問他們去的是怎樣的①餐廳呢？

1 位在美國的餐廳
2 朋友的哥哥現在打工的餐廳
3 可以吃到美式料理的餐廳
4 價位不便宜的餐廳

Answer 1

31 「わたし」が全部食べたのはどれですか。

1 スープとサラダ
2 スープとお肉
3 サラダとお肉
4 お肉とケーキ

31 請問「我」全部吃光的是哪幾道？

1 湯和沙拉
2 湯和肉
3 沙拉和肉
4 肉和蛋糕

Answer 3

32 ②半分しか食べられませんでしたとありますが、なぜですか。

1 スープとサラダをたくさん食べ過ぎたので。
2 あまりおいしくなかったので。
3 お肉が「わたし」には大き過ぎたので。 └文法詳見 P145
4 デザートのケーキとアイスクリームを食べたかったので。

32 文章提到②只吃了一半，請問是為什麼呢？

1 因為吃了太多湯和沙拉。
2 因為不怎麼好吃。
3 因為肉對「我」來說太大了。
4 因為想吃甜點的蛋糕和冰淇淋。

Answer 2

33 ③すごいなと思いましたとありますが、何をすごいと思いましたか。

1 アメリカ料理がとてもおいしかったこと。
2 お兄さんがとてもたくさん食べたこと。
3 わたしがケーキもアイスクリームも食べなかったこと。
4 料理の値段がとても安かったこと。

33 文章提到③我實在是佩服不已，請問是對什麼感到佩服呢？

1 美式料理十分好吃。
2 朋友的哥哥吃很多。
3 我吃不下蛋糕和冰淇淋。
4 料理的價位非常便宜。

解題攻略

　　文章第一段提到「きょうのお昼は、レストランで食事をしました。友だちのお兄さんが以前アルバイトしていたアメリカ料理のレストランです」（今天中午我在餐廳吃飯。這是我朋友的哥哥以前打工過的美式餐廳），可知正確答案是 3。

　　選項 2 是陷阱，時態是「アルバイトしている」，意思是現在還在打工。不過原文是「アルバイトしていた」（以前打工過），所以錯誤。

　　第二段開頭說明作者把「スープとサラダ」（湯和沙拉）全部吃光，接著又提到「お肉は…半分しか食べられませんでした」（肉…只吃了一半）、「デザートにケーキとアイスクリーム…もうおなかいっぱいで入りませんでした」（蛋糕和冰淇淋等甜點…肚子實在是太撐了，根本吃不下），由此可知正確答案是 1。

　　這一題要掌握上菜的內容以及料理的敘述，另外還要注意作者吃了哪些東西。

　　「お肉はとてもおいしかった…、半分しか食べられませんでした」（肉的味道很棒…，還是只吃了一半），指出肉只吃一半，而且它很好吃，因此選項 2 是錯的。

　　解題關鍵在「そのあと、お肉が出てきました。すごく大きかったので、びっくりしました」（之後上桌的是肉。肉大到我嚇了一跳），推斷這就是吃不完的原因。正確答案是 3。

　　這一題問題關鍵在「なぜ」（為什麼），這是用來詢問理由的疑問詞。可以先找出劃線部分②，再從上下文去推敲原因。

　　關鍵在「デザートにケーキとアイスクリームもありましたが、わたしと友だちは…でも、お兄さんは両方とも一口で食べてしまいました」（也有蛋糕和冰淇淋等甜點，但我和朋友…不過，朋友的哥哥兩樣都一口吃光）。「わたし」佩服不已的就是這一點。

　　對比句型「Aは〜。でも、Bは〜」（A是…。不過B卻是…）的重點擺在後面的B。所以這句話重點是朋友的哥哥一口就把蛋糕和甜點吃光。

📝 **文法と萬用句型**

---

【動詞て形】＋くれる。表示
他人為我，或為我方的人做
前項有益的事。

**❶** ▢▢▢▢ **＋てくれる**　（為我）做…

〔例句〕佐藤さんは仕事を1日休んで町
を案内してくれました。

佐藤小姐向公司請假一天，帶我參
觀了這座城鎮。

---

【動詞ます形】＋おわる。
接在動詞ます形後面，表示
前接動詞的結束、完了。

**❷** ▢▢▢▢ **＋おわる**　結束、完了

〔例句〕レポートを書き終わりました。

把報告寫完了。

〔替換單字・短句〕
- □ ステーキを食べ　牛排吃
- □ 道具を片付け　道具收拾
- □ この本を読み　這本書讀

---

【形容詞く形】＋ても；【動
詞て形】＋も；【名詞；形
容動詞詞幹】＋でも。表示
後項的成立，不受前項的約
束，是一種假定逆接表現。

**❸** ▢▢▢▢ **＋ても、でも**　即使…也

〔例句〕どんなに父が反対しても、彼
と結婚します。

無論父親如何反對，我還是要和他
結婚。

---

【動詞て形】＋しまう。表
示動作或狀態的完成，或
表示出現了説話人不願意看
到的結果。

**❹** ▢▢▢▢ **＋てしまう**　…完；表感慨

〔例句〕<u>部屋はすっかり片付けてしまい</u>
<u>ました。</u>

<u>房間全部整理（完）了。</u>

〔替換單字・短句〕
- □ 小説は全部読んで　小説全看
- □ 試験に失敗して　考試失敗
- □ がんで死んで　得癌症過世

**⑤ [____] ＋すぎる**　太…、過於…

チャレンジ編　STEP 1　STEP 2　応用編

**例句** 君ははっきり言いすぎる。

你講話太直白。

〔替換單字・短句〕

□ **自分に自信がなさ**　對自己（太）沒信心

□ **頭がよ**　頭腦（太）好

> 【[形容詞・形容動詞]詞幹；動詞ます形】＋すぎる。表示程度超過限度，超過一般水平，過份的狀態。

つぎの文章を読んで、質問に答えてください。答えは、１・２・３・４から、いちばんいいものを一つえらんでください。

　先日の新聞に、日本人が１日にテレビを見る時間は約４時間と書いてあったので、ちょっとびっくりしました。わたしの家では、テレビを見る時間はそれほど長くないからです。朝はたいていテレビはつけずに、ラジオを聞きながら、ごはんを食べます。おじいちゃんとおばあちゃんは、わたしたちが出かけたあとで、テレビをつけるそうですが、それでも朝のうちの１時間ぐらいしか見ていないそうです。

　わたしは学校から帰ると、すぐに宿題をします。それから、ピアノの練習をしたりしますので、夕方はいつもテレビを見る時間がありません。弟はまだ幼稚園で、宿題はありませんので、おじいちゃんと公園に行ったり、おもちゃで遊んだりしています。夜、お母さんが晩ごはんを作っているあいだ、わたしは弟といっしょにテレビのアニメを30分間だけ見ます。わたしと弟がテレビを見るのは１日にこのときしかありません。そのあいだ、お父さんはたいてい新聞を読んだり、雑誌を読んだりしています。お父さんとお母さんは晩ごはんを食べておふろに入ったあと、二人でニュースを１時間だけ見ます。このように、わたしの家では、テレビを見る時間はあまり長くありません。

**30** <u>ちょっとびっくりしました</u>とありますが、なぜですか。

1 新聞にテレビのニュースが書いてあったので。

2 自分のうちではテレビを見る時間はそれほど長くないので。

3 日本人がテレビを見る時間はもっと長いと思っていたので。

4 家族ひとりひとりがテレビを見る時間はだいたい決まっているので。

**31** 朝はだれがテレビを見ますか。

1 ごはんを食べながら、みんなで見ます。

2 わたしだけが学校に行く前に見ます。

3 お父さんだけが会社に行く前に見ます。

4 みんなが出かけたあとで、祖父と祖母が見ます。

**32** この人は学校から帰ったあと、いつも何をしますか。

1 宿題をしてから、弟と遊びます。

2 宿題をしてから、ピアノの練習します。

3 ピアノの練習のあとで、宿題をします。

4 弟といっしょに宿題をしてから、遊びに行きます。

**33** この人の家族は夜はいつもどのように過ごしますか。

1 お母さんはごはんを作りながら、わたしや弟といっしょにテレビを見ます。

2 お母さんがごはんを作っているあいだ、わたしと弟は30分ぐらいテレビを見ます。

3 お母さんがごはんを作っているあいだ、わたしと弟は宿題をします。

4 お母さんがごはんを作っているあいだ、お父さんはわたしや弟といっしょにテレビを見ます。

つぎの文章を読んで、質問に答えてください。答えは、1・2・3・4から、いちばんいい
ものを一つえらんでください。

---

先日の新聞に、日本人が1日にテレビを見る時間は約4時間と書いてあっ
たので、ちょっとびっくりしました。わたしの家では、テレビを見る時間はそ
れほど長くないからです。朝はたいていテレビはつけずに、ラジオを聞きなが
ら、ごはんを食べます。おじいちゃんとおばあちゃんは、わたしたちが出かけ
たあとで、テレビをつけるそうですが、それでも朝のうちの1時間ぐらいしか
見ていないそうです。

　わたしは学校から帰ると、すぐに宿題をします。それから、ピアノの練習を
したりしますので、夕方はいつもテレビを見る時間がありません。弟はまだ幼
稚園で、宿題はありませんので、おじいちゃんと公園に行ったり、おもちゃで
遊んだりしています。夜、お母さんが晩ごはんを作っているあいだ、わたしは
弟といっしょにテレビのアニメを30分間だけ見ます。わたしと弟がテレビを見
るのは1日にこのときしかありません。そのあいだ、お父さんはたいてい新聞
を読んだり、雑誌を読んだりしています。お父さんとお母さんは晩ごはんを食
べておふろに入ったあと、二人でニュースを1時間だけ見ます。このように、
わたしの家では、テレビを見る時間はあまり長くありません。

| 30題 關鍵句 |
| 31題 關鍵句 |
| 32題 關鍵句 |
| 33題 關鍵句 |

文法詳見 P152

---

□ 先日　前幾天
□ 新聞　報紙
□ おじいちゃん　爺爺
□ おばあちゃん　奶奶
□ 出かける　出門
□ それから　接著
□ ピアノ【piano】鋼琴
□ 練習　練習
□ いつも　總是
□ ～あいだ　…的時候
□ アニメ【animation之略】
　　卡通；動畫

□ そのあいだ　在那段
　　時間
□ ニュース【news】
　　新聞
□ もっと　更…
□ 祖父　祖父
□ 祖母　祖母

請閱讀下列文章並回答問題。請從選項 1・2・3・4 當中選出一個最恰當的答案。

---

前幾天的報紙寫說，日本人一天看電視的時間大概是四個鐘頭。我有點驚訝。因為我家看電視的時間沒有那麼長。我們早上大多都不開電視，邊聽收音機邊吃飯。聽說爺爺和奶奶會在我們出門後打開電視，不過那也是只有在早上看一個鐘頭而已。

我放學回家後就立刻寫功課。接著會練練鋼琴之類的，傍晚總是沒時間看電視。我弟弟才在上幼稚園，他沒有功課，所以會和爺爺去公園散步，或是玩玩具。晚上媽媽在煮飯的時候，我和弟弟會一起看 30 分鐘的電視卡通。我和弟弟看電視的時間就只有這個時候。在這段時間裡，爸爸大多都是看報紙或雜誌。爸爸和媽媽吃完晚餐洗完澡後，兩人會一起看一小時的電視新聞。就像這樣，我家看電視的時間不怎麼長。

---

**段落主旨**

| 第一段 | 指出自己的家人看電視的時間不像平均時數那麼長。並說明爺爺奶奶一天只看一個鐘頭的電視。 |
|---|---|
| 第二段 | 敘述作者和其他家人傍晚、晚上的行程，以及各自看電視的時間。 |

**30** <u>ちょっとびっくりしましたとあり</u>ますが、なぜですか。

1　新聞にテレビのニュースが書いてあったので。

2　自分のうちではテレビを見る時間はそれほど長くないので。

3　日本人がテレビを見る時間はもっと長いと思っていたので。

4　家族ひとりひとりがテレビを見る時間はだいたい決まっているので。

**30** 文章提到我有點驚訝，請問是為什麼呢？

1　因為報紙上寫了電視的新聞。

2　因為自己家看電視的時間沒那麼長。

3　因為覺得日本人看電視的時間應該更長。

4　因為家裡每個人看電視的時間大致上都很固定。

**31** 朝はだれがテレビを見ますか。

1　ごはんを食べながら、みんなで見ます。

2　わたしだけが学校に行く前に見ます。

3　お父さんだけが会社に行く前に見ます。

4　みんなが出かけたあとで、祖父と祖母が見ます。

**31** 請問早上是誰在看電視？

1　大家一起邊吃飯邊看。

2　只有我上學前看。

3　只有爸爸上班前看。

4　等大家都出門後，祖父和祖母才看。

**32** この人は学校から帰ったあと、いつも何をしますか。

1　宿題をしてから、弟と遊びます。

2　宿題をしてから、ピアノの練習します。

3　ピアノの練習のあとで、宿題をします。

4　弟といっしょに宿題をしてから、遊びに行きます。

**32** 請問這個人放學回家後都在做些什麼呢？

1　功課做完後和弟弟玩。

2　功課做完後練習彈鋼琴。

3　練習完鋼琴後寫功課。

4　和弟弟一起寫功課，然後出去玩。

**33** この人の家族は夜はいつもどのように過ごしますか。

1　お母さんはごはんを作りながら、わたしや弟といっしょにテレビを見ます。

2　お母さんがごはんを作っているあいだ、わたしと弟は30分ぐらいテレビを見ます。

3　お母さんがごはんを作っているあいだ、わたしと弟は宿題をします。

4　お母さんがごはんを作っているあいだ、お父さんはわたしや弟といっしょにテレビを見ます。

**33** 請問這個人的家人晚上都是怎麼度過的呢？

1　媽媽邊做飯邊和我、弟弟一起看電視。

2　媽媽在做飯的這段時間，我和弟弟會看 30 分鐘左右的電視。

3　媽媽在做飯的這段時間，我和弟弟會寫功課。

4　媽媽在做飯的這段時間，爸爸和我、弟弟一起看電視。

解題攻略

　　劃線部分後面接著用「～からです」説明了理由：「わたしの家では、テレビを見る時間はそれほど長くないからです」（因為我家看電視的時間沒有那麼長），指出作者之所以會驚訝，是因為自己家看電視的時間沒那麼長。正確答案是 2。

　　問題關鍵是「なぜ」（為什麼），詢問劃線處的原因理由，可以找找看劃線處的上下文是否有表示原因「ので」（因為）或「から」（因為），答案就在這裡。

　　第一段最後一句提到「朝は…。おじいちゃんとおばあちゃんは、わたしたちが出かけたあとで、テレビをつけるそうですが、…」（我們早上…。聽説爺爺和奶奶會在我們出門後打開電視，…），指出早上看電視的人是「おじいちゃんとおばあちゃん」（爺爺和奶奶），正確答案是 4。

　　「だれが」（誰）是指「由誰來做這件事」。要注意主詞和時間點「朝」（早上）。
　　「おじいちゃんとおばあちゃん」＝「祖父と祖母」，都是「爺爺和奶奶」的意思。

　　「この人」是指作者。文中寫道「わたしは学校から帰ると、すぐに宿題をします。それから、ピアノの練習をしたりしますので、夕方はいつもテレビを見る時間がありません」（我放學回家後就立刻寫功課。接著會練練鋼琴之類的，傍晚總是沒時間看電視）。可知作者的行程是「宿題をする→ピアノの練習をする」（做功課→練習彈鋼琴）。正確答案是 2。

　　「それから」（在這之後）用於強調事情先後順序，表示先完成前項動作，再去做後項動作，由此可知寫完功課之後才練習彈琴。
　　「～てから」和「～あとで」都和「それから」一樣，有強調先後順序的作用。

　　第二段中間提到「夜、お母さんが晩ごはんを作っているあいだ、わたしは弟といっしょにテレビのアニメを30分間だけ見ます。…そのあいだ、お父さんはたいてい新聞を読んだり、雑誌を読んだりしています」（晚上媽媽在煮飯的時候，我和弟弟會一起看30分鐘的電視卡通。…在這段時間裡，爸爸大多都是看報紙或雜誌），由此可知正確答案是 2。

　　「～あいだ」（…期間）表示某個動作持續的這段時間當中發生了某件事情，或是進行某個動作。

🎯 文法と萬用句型

【動詞否定形（去ない）】＋
ず（に）。表示以否定的狀
態或方式來做後項的動作，
或產生後項的結果。當動詞
為サ行變格動詞時，要用
「せずに」。

**❶** 　　　　　＋ず（に）　　不…地、沒…地

例句　太郎は勉強せずに遊んでばかり
いる。
太郎不讀書都在玩。

---

【［名詞・形容詞・形容動詞・
動詞］普通形】＋そうだ。表
示傳聞。不是自己直接獲
得的，而是從別人那裡、報
章雜誌或信上等處得到該信
息。表示信息來源的時候，
常用「〜によると」（根據）
或「〜の話では」（説是…）
等形式。

**❷** 　　　　　＋そうだ　　聽説…、據説…

例句　ここは昔、5万人もの人が住ん
でいたそうだ。
據説這地方從前住了多達五萬人。

---

【［名詞・形容詞・形容動詞・
動詞］普通形（只能用在現
在形及否定形）】＋と。表
示反覆的習慣，也表示陳述
人和事物的一般條件關係，
常用在機械的使用方法、
説明路線、自然的現象及反
覆的習慣等情況，此時不能
使用表示説話人的意志、請
求、命令、許可等語句。

**❸** 　　　　　＋と　　一…就

例句　毎年、夏になるとハワイに行き
ます。
每年一到夏天就會去夏威夷。

例句　雪が溶けると、春になる。
雪融化以後就是春天了。

〔替換單字・短句〕
□ **降る・静か** 下（雪）・（變得）寂靜
□ **積もる・きれい** 堆積・（變得）漂亮

**❷ 小知識大補帖**

▶ **今天看什麼節目？**

　　身為現代人，生活幾乎離不開 "電視"。大家都知道電視的日語是「テレビ」，但你知道各種電視節目的日語該怎麼説嗎？「バラエティ番組」是綜藝節目，「トーク番組」是談話節目，電視購物節目叫做「テレビショッピング」，其他像是動畫片「アニメーション」、體育節目「スーポツ番組」、音樂節目「音楽番組」也都很常見。一般的連續劇可以説「テレビドラマ」，頗具日本特色的是「大河ドラマ」（大河劇），主要以歷史人物或時代為主題，多描述日本戰國時代或幕府的故事。

▶ **祖父祖母比一比**

「お祖父さん」（祖父、老爺爺）：對祖父或外祖父的親切稱呼，或對一般老年男子的稱呼。
「祖父」（祖父）：父親的父親，或是母親的父親。
「お祖母さん」（祖母、老奶奶）：對祖母或外祖母的親切稱呼，或對一般老年婦女的稱呼。
「祖母」（祖母）：父親的母親，或是母親的母親。
小叮嚀：雖然「お祖父さん」和「祖父」的漢字一樣、「お祖母さん」和「祖母」的漢字一樣，但讀音大不相同！

▶ **一天24小時－上午**

私は毎朝7時に起きます。

我每天早上七點起床。

いつもより30分早起きました。

比平常還早 30 分醒來。

毎朝寝坊をしていた。

每天早上都賴床。

起きたらすぐ顔を洗います。

起床後立刻去洗臉。

学校へ行く前に、犬の散歩に行きます。

上學之前，先帶小狗去散步。

朝はパンと牛乳でした。

今天早上吃麵包配牛奶。

朝をちゃんと食べなくてはだめですよ。

要確實吃早餐才行哦！

どの服を着るか決められなくて。

打不定主意要穿哪件衣服。

私が起きたときは、姉はもう出かけていた。

我起床時，姐姐已經出門了。

もう少しで遅刻するところでした。

差一點就遲到了。

学校には8時に着きます。

我會在八點時抵達學校。

月曜日の朝はずっと会議があります。

星期一整個早上都要開會。

## ▶ 一天24小時－下午

昼ご飯は12時15分ごろ食べます。

我在中午 12 點 15 分左右吃午餐。

お昼はいつもお弁当です。

午餐總是吃便當。

今朝から何も食べてません。

我從一早到現在都還沒吃東西。

昼ご飯はコンビニで買います。

在便利商店買午餐。

昼ご飯までに帰ってきなさい。

請在吃午餐前回來。

昼休みが１時間あります。

午休時間有一個小時。

ちょっと昼寝をします。

我要睡一會午覺。

昼のニュースが始まります

午間新聞要開始播報了。

今日の講義は昼からです。

今天的課程從中午開始。

放課後はサッカークラブに行きます。

放學後去參加足球的社團活動。

今日は残業することになりそうです。

今天恐怕得留下來加班。

▶ 一天24小時－晩上

家に帰ったらすぐ風呂に入ります。
一到家後立刻去洗澡。

お風呂に入ってから、夕飯を食べます。
洗完澡後才吃晚餐。

7時ごろ晩ご飯を食べます。
約七點左右吃晚餐。

夕飯は家族と食べます。
我和家人一起吃晚餐。

夕食にステーキを食べた。
晚餐吃了牛排。

家に帰るとまず宿題をします。
一回到家以後，首先寫功課。

仕事のあと、飲みに行きます。
下班後會去喝兩杯。

私は毎日8時からドラマを見ます。
我每天八點開始看連續劇。

寝る前に、いつも日記をつける。
我習慣在睡前寫日記。

寝る前に歯を磨きます。
睡前會刷牙。

ゆうべ歯を磨かないで寝てしまった。
昨天晚上沒刷牙就睡著了。

寝る前に夜食を食べたくなった。
睡前突然想吃消夜。

應用篇

# 応用編

つぎのＡ「コンサートのスケジュール表」とＢ「週末の予定」を見て、質問に
答えてください。答えは、１・２・３・４からいちばんいいものを一つえらん
でください。

34 つよし君の家族が３人で行くことができるコンサートは
　　どれですか。
　1　子どもの歌
　2　演歌人気20曲
　3　アニメの歌
　4　カラオケ人気20曲

35 つよし君のパパは、外国の音楽を聴くのが趣味です。パ
　　パが行くことができるコンサートで、パパの趣味にいち
　　ばん合うのはどれですか。
　1　世界の歌
　2　カラオケ人気20曲
　3　アニメの歌
　4　アメリカの歌

## A　コンサートのスケジュール表

| 日時 | コンサート |
|---|---|
| 5月12日 | |
| 10：00〜11：30 | 子どもの歌 |
| 13：00〜14：30 | アメリカの歌 |
| 15：30〜17：30 | 演歌人気20曲 |
| 5月13日 | |
| 10：00〜11：30 | アニメの歌 |
| 13：00〜14：30 | カラオケ人気20曲 |
| 15：30〜17：30 | 世界の歌 |

## B　週末の予定

| | 11日（金） | 12日（土） | 13日（日） |
|---|---|---|---|
| パパ | 夜：お食事会 | 午前：なし<br>午後：なし | 午前：なし<br>午後：ゴルフ |
| ママ | 夜：なし | 午前：なし<br>午後：なし | 午前：テニス<br>午後：買い物 |
| つよし君 | 夜：塾 | 午前：なし<br>午後：サッカー | 午前：なし<br>午後：なし |

つぎのA「コンサートのスケジュール表」とB「週末の予定」を見て、質問に答えてください。答えは、1・2・3・4からいちばんいいものを一つえらんでください。

## A　コンサートのスケジュール表

| 日時 | コンサート |
|---|---|
| 5月12日 | |
| 10：00～11：30 | 子どもの歌 |
| 13：00～14：30 | アメリカの歌 |
| 15：30～17：30 | 演歌人気20曲 |
| 5月13日 | |
| 10：00～11：30 | アニメの歌 |
| 13：00～14：30 | カラオケ人気20曲 |
| 15：30～17：30 | 世界の歌 |

34 題
關鍵句

## B　週末の予定

35 題
關鍵句

| | 11日（金） | 12日（土） | 13日（日） |
|---|---|---|---|
| パパ | 夜：お食事会 | 午前：なし<br>午後：なし | 午前：なし<br>午後：ゴルフ |
| ママ | 夜：なし | 午前：なし<br>午後：なし | 午前：テニス<br>午後：買い物 |
| つよし君 | 夜：塾 | 午前：なし<br>午後：サッカー | 午前：なし<br>午後：なし |

34 題
關鍵句

---

□ コンサート 【concert】
演唱會
□ スケジュール表
【schedule表】 場次表
□ 演歌 演歌
□ 人気 人氣；受歡迎

□ カラオケ 【から+orchestra
之略】 KTV
□ 食事会 餐會
□ なし 無
□ ゴルフ 【golf】 高爾夫球

□ テニス 【tennis】
網球
□ 塾 補習班
□ 趣味 興趣
□ 合う 符合

請閱讀下列的Ａ「演唱會場次表」和Ｂ「週末行程」並回答問題。請從選項
１・２・３・４當中選出一個最恰當的答案。

**A　演唱會場次**

| 日期時間 | 演唱會 |
|---|---|
| 5月12日 | |
| 10：00～11：30 | 兒歌 |
| 13：00～14：30 | 美國歌謠 |
| 15：30～17：30 | 演歌20首排行榜金曲 |
| 5月13日 | |
| 10：00～11：30 | 卡通歌 |
| 13：00～14：30 | KTV人氣20曲 |
| 15：30～17：30 | 世界金曲 |

**B　週末行程**

| | 11日（五） | 12日（六） | 13日（日） |
|---|---|---|---|
| 爸爸 | 晚上：聚餐 | 上午：無<br>下午：無 | 上午：無<br>下午：高爾夫 |
| 媽媽 | 晚上：無 | 上午：無<br>下午：無 | 上午：網球<br>下午：購物 |
| 小剛 | 晚上：補習 | 上午：無<br>下午：足球 | 上午：無<br>下午：無 |

-------------------------------------------------------------- Answer 1

**34** つよし君の家族が３人で行く
ことができるコンサートはど
れですか。

1 子どもの歌

2 演歌人気20曲

3 アニメの歌

4 カラオケ人気20曲

**34** 請問小剛一家三口都能去的演
唱會是哪一場呢？

**1** 兒歌

**2** 演歌 20 首排行榜金曲

**3** 卡通歌

**4** KTV 人氣 20 曲

-------------------------------------------------------------- Answer 4

**35** つよし君のパパは、外国の音
楽を聴くのが趣味です。パパ
が行くことができるコンサー
トで、パパの趣味にいちばん
合うのはどれですか。

1 世界の歌

2 カラオケ人気20曲

3 アニメの歌

4 アメリカの歌

**35** 小剛的爸爸興趣是聽外國音樂。
在爸爸能去的演唱會當中，請
問最符合他興趣的是哪一場
呢？

**1** 世界金曲

**2** KTV 人氣 20 曲

**3** 卡通歌

**4** 美國歌謠

**解題攻略**

題目問「どれ」（哪），因此必須選出一個最正確的。

> 作答方式是先從表Ｂ找出全家人都有空的時段，再來對應表Ａ的時間。

從表Ａ可以發現演唱會只有週六和週日兩天，所以可以直接略過表Ｂ的週五行程，而週六、週日的行程當中只有週六上午是爸爸、媽媽和小剛三人都有空的時段。再看表Ａ，發現週六上午的演唱會是兒歌，所以正確答案是１。

**補充單字** 老幼與家人

- □ 祖父（そふ） 祖父，外祖父
- □ 祖母（そぼ） 祖母，外祖母
- □ 親（おや） 父母；祖先
- □ 夫（おっと） 丈夫
- □ 主人（しゅじん） 老公；主人
- □ 妻（つま） 妻子，太太
- □ 家内（かない） 妻子
- □ 子（こ） 孩子
- □ 赤ちゃん（あか） 嬰兒
- □ 赤ん坊（あかんぼう） 嬰兒；不諳世事的人

從表Ｂ可以得知小剛爸爸有空的時間是12日（六）上午、下午，以及13日（日）的上午，這三個時段分別對應到表Ａ的「子どもの歌」（兒歌）、「アメリカの歌」（美國歌謠）、「演歌人気20曲」（演歌20首排行榜金曲）、「アニメの歌」（卡通歌）這四場演唱會，其中是外國音樂的只有「アメリカの歌」（美國歌謠），所以正確答案是４。

> 先從表Ｂ找出小剛的爸爸有空的時間，再從表Ａ找出外國音樂。

**補充單字** 體育與競賽

- □ 運動（うんどう） 運動；活動
- □ テニス【tennis】 網球
- □ テニスコート【tennis court】 網球場
- □ 力（ちから） 力氣；能力
- □ 柔道（じゅうどう） 柔道
- □ 水泳（すいえい） 游泳

つぎのＡ「今月の星座占い」とＢ「今月の血液型占い」を見て、質問に答えてください。答えは、１・２・３・４からいちばんいいものを一つえらんでください。

34 今月、旅行へ行くといいのはどんな人ですか。
1 みずがめ座でＢ型の人
2 しし座でＯ型の人
3 おひつじ座でＡＢ型の人
4 おうし座でＡ型の人

35 今月、健康に気をつけたほうがいいのはどんな人ですか。
1 うお座でＢ型の人
2 てんびん座でＡＢ型の人
3 かに座でＯ型の人
4 さそり座でＡ型の人

# A 【今月の星座占い】

| 順位 | 星座 | アドバイス |
|---|---|---|
| 1位 | おひつじ座 | チャンスがいっぱいあります。 |
| 2位 | ふたご座 | 学校の勉強や仕事を頑張るといいです。 |
| 3位 | やぎ座 | なくしたものが見つかるかもしれません。 |
| 4位 | みずがめ座 | 新しい友だちができそうです。 |
| 5位 | しし座 | 一人でどこか遠くへ出かけてみましょう。 |
| 6位 | うお座 | 嫌いな人とも話してみましょう。 |
| 7位 | おうし座 | 失敗しても、早く忘れて、次に進みましょう。 |
| 8位 | てんびん座 | 困ったことがあったら、友だちや家族に相談しましょう。 |
| 9位 | かに座 | 小さいことを考え過ぎないようにしましょう。 |
| 10位 | おとめ座 | お金を使い過ぎる月になりそうです。 |
| 11位 | いて座 | わからないことがあったら、人に聞きましょう。 |
| 12位 | さそり座 | 風邪をひきやすいですから、気をつけましょう。 |

# B 【今月の血液型占い】

| 1位 | B型 | 元気いっぱいに過ごすことができそうです。 |
|---|---|---|
| 2位 | O型 | 遠くに住んでいる友だちに会いに行くと、うれしいことがあるでしょう。 |
| 3位 | A型 | おなかが痛かったり、頭が痛かったりすることが多くなりそうですから、健康に気をつけましょう。 |
| 4位 | AB型 | 忘れものが多くなりそうなので、注意しましょう。 |

つぎのA「今月の星座占い」とB「今月の血液型占い」を見て、質問に答えてください。答えは、1・2・3・4からいちばんいいものを一つえらんでください。

## A 【今月の星座占い】

| 順位 | 星座 | アドバイス |
|---|---|---|
| 1位 | おひつじ座 | チャンスがいっぱいあります。 |
| 2位 | ふたご座 | 学校の勉強や仕事を頑張るといいです。 |
| 3位 | やぎ座 | なくしたものが見つかるかもしれません。 |
| 4位 | みずがめ座 | 新しい友だちができそうです。 ┗文法詳見 P170 |
| 5位 | しし座 | 一人でどこか遠くへ出かけてみましょう。 |
| 6位 | うお座 | 嫌いな人とも話してみましょう。 |
| 7位 | おうし座 | 失敗しても、早く忘れて、次に進みましょう。 |
| 8位 | てんびん座 | 困ったことがあったら、友だちや家族に相談しましょう。 |
| 9位 | かに座 | 小さいことを考え過ぎないようにしましょう。 |
| 10位 | おとめ座 | お金を使い過ぎる月になりそうです。 ┗文法詳見 P170 |
| 11位 | いて座 | わからないことがあったら、人に聞きましょう。 |
| 12位 | さそり座 | 風邪をひきやすいですから、気をつけましょう。 ┗文法詳見 P170 |

34題 關鍵句
35題 關鍵句

## B 【今月の血液型占い】

| 順位 | 血液型 | アドバイス |
|---|---|---|
| 1位 | B型 | 元気いっぱいに過ごすことができそうです。 |
| 2位 | O型 | 遠くに住んでいる友だちに会いに行くと、うれしいことがあるでしょう。 |
| 3位 | A型 | おなかが痛かったり、頭が痛かったりすることが多くなりそうですから、健康に気をつけましょう。 |
| 4位 | AB型 | 忘れものが多くなりそうなので、注意しましょう。 |

34題 關鍵句
35題 關鍵句

□ 健康 健康　　□ チャンス【chance】機會
□ 星座 星座　　□ 失敗 失敗
□ 占い 占卜　　□ 相談 商量；溝通
□ 順位 排名　　□ 血液型 血型

請閱讀下列的Ａ「本月星座運勢」和Ｂ「本月血型占卜」並回答問題。請從選項１‧２‧３‧４當中選出一個最恰當的答案。

## Ａ【本月星座運勢】

| 排名 | 星座 | 建議 |
|------|------|------|
| 第１名 | 牡羊座 | 機會很多。 |
| 第２名 | 雙子座 | 學校課業或工作可以努力看看。 |
| 第３名 | 摩羯座 | 或許能找回失物。 |
| 第４名 | 水瓶座 | 能結交到新朋友。 |
| 第５名 | 獅子座 | 獨自去遠處的哪裡晃晃吧。 |
| 第６名 | 雙魚座 | 也和討厭的人説説話吧。 |
| 第７名 | 金牛座 | 就算失敗也趕快忘掉，繼續前進吧。 |
| 第８名 | 天秤座 | 有煩惱就找朋友或家人商量吧。 |
| 第９名 | 巨蟹座 | 別太過在意小事。 |
| 第10名 | 處女座 | 這個月支出似乎會超過許多。 |
| 第11名 | 射手座 | 有不明白的事物就請教他人吧。 |
| 第12名 | 天蠍座 | 容易感冒，請小心。 |

## Ｂ【本月血型占卜】

| 1位 | Ｂ型 | 可以精神奕奕地度過這個月。 |
|------|------|------|
| 2位 | Ｏ型 | 去探望遠方的友人，會有好事發生。 |
| 3位 | Ａ型 | 這個月常常會肚子痛或是頭痛，所以請多注意健康。 |
| 4位 | ＡＢ型 | 這個月常常忘東忘西，要小心。 |

Answer **2**

34 今月、旅行へ行くといいのは
　　どんな人ですか。

1　みずがめ座でB型の人

2　しし座でO型の人

3　おひつじ座でAB型の人

4　おうし座でA型の人

34 請問這個月適合去旅行的是哪
　　種人？

**1**　水瓶座 B 型的人

**2**　獅子座 O 型的人

**3**　牡羊座 AB 型的人

**4**　金牛座 A 型的人

Answer **4**

35 今月、健康に気をつけたほう
　　がいいのはどんな人ですか。

1　うお座でB型の人

2　てんびん座でAB型の人

3　かに座でO型の人

4　さそり座でA型の人

35 請問這個月最好要注意健康的
　　是怎樣的人？

**1**　雙魚座 B 型的人

**2**　天秤座 AB 型的人

**3**　巨蟹座 O 型的人

**4**　天蠍座 A 型的人

解題攻略

選項１，水瓶座的敘述「新しい友だちができそうです」（能結交到新朋友）和Ｂ型的敘述「元気いっぱいに過ごすことができそうです」（可以精神奕奕地度過這個月），與旅行都沒有關係。

選項２，獅子座的敘述「一人でどこか遠くへ出かけてみましょう」（獨自去遠處的哪裡晃晃吧）和Ｏ型的敘述「遠くに住んでいる友だちに会いに行くと、うれしいことがあるでしょう」（去探望遠方的友人，會有好事發生）。兩者都説適合出遠門，正確答案是２。

選項３，牡羊座的敘述「チャンスがいっぱいあります」（機會很多）和ＡＢ型的敘述「忘れものが多くなりそう…」（常常忘東忘西…），與旅行都沒有關係。

選項４，金牛座的敘述「失敗しても…」（就算失敗…）和Ａ型的敘述「…健康に気をつけましょう」（…請多注意健康），與旅行都沒有關係。

這一題問的是適合旅行的星座和血型，為了節省時間，可以用刪去法來作答。

在占卜或天氣預報中常常可以看到「～でしょう」（…吧）、「～そうだ」（似乎…）這些含有推測語氣的句型，乍聽之下會覺得每一句話都很不明確，不過這也反映出日語一大特色：委婉客觀，盡量不把話説死。

選項１，雙魚座「嫌いな人とも話してみましょう」（也和討厭的人説話吧）和Ｂ型「元気いっぱいに過ごす…」（精神奕奕地度過…），都與注意健康無關。

選項２，天秤座「困ったことがあったら…」（有煩惱的話…）和AB型「忘れものが多くなりそう…」（常常忘東忘西…），與注意健康都無關。

選項３，巨蟹座「小さいことを考え過ぎないようにしましょう」（別太過在意小事）和Ｏ型「…友だちに会いに行く…」（去探望友人…），都與注意健康無關。

選項４，天蠍座「風邪をひきやすいですから、気をつけましょう」（容易感冒，請小心）和Ａ型「おなかがいたかったり、頭がいたかったりすることが多くなりそうですから、健康に気をつけましょう」（這個月常常會肚子痛或是頭痛，所以請多注意健康）都有關於健康狀況，正確答案是４。

這一題問的是要注意身體健康的星座和血型，建議用刪去法作答。

「～ようにする」（設法…）和「～ようになる」（變得…）很容易搞混，要記得「する」的語感是積極地去做、去改變，「なる」則是用在自然的變化。

### ✐ 文法と萬用句型

【動詞ます形】＋そうだ。表示很有可能發生某事態。

**❶** [　　　　] ＋そうだ　　可能

例句 曇ってきた。雨が降りそうだ。

天變得陰沉了。可能要下雨了。

---

【[形容詞・形容動詞]詞幹；動詞ます形】＋すぎる。表示程度超過限度，超過一般水平，過份的狀態。

**❷** [　　　　] ＋すぎる　　太…‧過於…

例句 肉を焼きすぎました。

肉烤過頭了。

〔替換單字・短句〕
□ 目・使い　眼睛・（過度）使用
□ テレビ・見　電視・看（太多）

---

【動詞ます形】＋やすい。表示該行為、動作很容易做，該事情很容易發生，或是性質上很容易有那樣的傾向，與「～にくい」相對。

**❸** [　　　　] ＋やすい　　容易…‧好…

例句 木綿の下着は洗いやすい。

棉質內衣容易清洗。

〔替換單字・短句〕
□ この花は育て　這種花（容易）培育
□ 秋は風邪をひき　秋天（容易）感冒
□ このコンピューターは使い　這台電腦（很好）使用

---

### ✐ 小知識大補帖

▶ 去日本的神社求籤！

　　台灣人把算命或宗教看得比較重，而日本人對算命和宗教的態度則比較淡薄。如果想要預測自己的運勢的話，日本人除了到算命師那裏算命以外，也會到神社或寺廟求籤。近年來日本的神社和寺廟也逐漸成為觀光客去日本的必訪景點了。

不過許多外國觀光客在求籤時心裡都會有個疑問：「日本的神明聽得懂我的話嗎？」

雖說心誠則靈，但參拜求籤就是為求個心安，如果一直糾結在"神明懂不懂我的意思"這種問題上，不是反而更不安了嗎…。

「時間＋の＋名詞＋はどうですか。」（＿＿＿的＿＿＿如何？）只要用這句簡單的萬用句就可以囉！兩個空格可以填入以下替換單字：

「今年」（今年）／「運勢」（運勢）
「来年」（明年）／「金銭運」（財運）
「今月」（這個月）／「仕事運」（工作運）
「今週」（這星期）／「恋愛運」（戀愛運）

只要活用這句萬用句，下次去參拜求籤時就不必再擔心日本的神明不懂你的意思啦！而且，這句萬用句也可以在算命的時候使用唷！

### ▶ 血型占卜

在台灣，「星座占い」（星座占卜）已經很普遍了，然而在日本，比「星座占い」更受歡迎的是「血液型占い」（血型占卜）！

根據「血液型占い」的說法，Ａ型人的特性是「真面目」（認真）、「心配性」（愛操心）。Ｂ型人「マイペース」（我行我素）。Ｏ型人「熱血っぽい」（熱血）、做起事來「大雑把」（粗枝大葉）。ＡＢ型人則有「二面性がある」（雙重人格）的傾向，非常「ミステリアス」（神秘）。

不過說到底，這畢竟只是「疑似科学」（偽科學），可別太迷信啦！

つぎのＡ「朝の特別メニュー」とＢ「500円ランチ」を見て、質問に答えてください。
答えは、1・2・3・4からいちばんいいものを一つえらんでください。

34 朝、会社に行く前はあまり時間がありません。そんなと
き、どれを注文するといいですか。

1　お子さまコース

2　お急ぎコース

3　ゆっくりコース

4　サンドイッチ

35 日曜日のお昼に、家族3人でさくら喫茶で食事をしまし
た。わたしと家内は500円ランチに紅茶を追加しました
が、子どもは甘いものも食べたいと言ったので、少し多
くお金がかかりました。3人でいくら払いましたか。

1　400円

2　1750円

3　1900円

4　2000円

## さくら喫茶

A　朝の特別メニュー（8：00～11：30）

1　お子さまコース【パン、卵、サラダ、ジュース】350円

2　お急ぎコース【パン、卵、フルーツ、コーヒーか紅茶】400円（急いでいるお客様は、こちらをどうぞ）

3　ゆっくりコース【パン、卵、サラダ、フルーツ、コーヒーか紅茶（おかわり自由）】500円（ゆっくりお食事できるお客様は、こちらをどうぞ）

## さくら喫茶

B　500円ランチ（11：30～14：00）

| 月曜日 | 火曜日 | 水曜日 | 木曜日 | 金曜日 | 土曜日 | 日曜日 |
|---|---|---|---|---|---|---|
| カレー | 牛どん | サンドイッチ | 焼き魚 | ハンバーグ | うどん | ステーキ |

500円ランチをご注文のお客様には、お飲み物とサラダとケーキを次の料金でサービスいたします。
＋100円　お飲み物（コーヒーか紅茶）
＋150円　お飲み物（コーヒーか紅茶）、サラダ
＋200円　お飲み物（コーヒーか紅茶）、ケーキ

つぎのA「朝の特別メニュー」とB「500円ランチ」を見て、質問に答えてください。答えは、1・2・3・4からいちばんいいものを一つえらんでください。

---

## さくら喫茶

**A　朝の特別メニュー（8：00〜11：30）**

1　お子さまコース【パン、卵、サラダ、ジュース】350円

2　お急ぎコース【パン、卵、フルーツ、コーヒーか紅茶】400円（急いでいるお客様は、こちらをどうぞ）

3　ゆっくりコース【パン、卵、サラダ、フルーツ、コーヒーか紅茶（おかわり自由）】500円（ゆっくりお食事できるお客様は、こちらをどうぞ）

34 題
關鍵句

## さくら喫茶

**B　500円ランチ（11：30〜14：00）**

| 月曜日 | 火曜日 | 水曜日 | 木曜日 | 金曜日 | 土曜日 | 日曜日 |
|---|---|---|---|---|---|---|
| カレー | 牛どん | サンドイッチ | 焼き魚 | ハンバーグ | うどん | ステーキ |

500円ランチをご注文のお客様には、お飲み物とサラダとケーキを次の料金でサービスいたします。

＋100円　お飲み物（コーヒーか紅茶）

＋150円　お飲み物（コーヒーか紅茶）、サラダ

＋200円　お飲み物（コーヒーか紅茶）、ケーキ

35 題
關鍵句

---

- □ メニュー【menu】菜單
- □ コース【course】套餐
- □ 急ぎ　匆忙
- □ フルーツ【fruits】水果
- □ ランチ【lunch】午餐
- □ カレー【curry】咖哩
- □ 牛どん　牛肉蓋飯
- □ 焼き魚　烤魚
- □ うどん　烏龍麵
- □ ステーキ【steak】牛排
- □ サービス【service】服務

請閱讀下列的Ａ「早餐特餐」和Ｂ「500圓午餐」並回答問題。請從選項１・２・３・４當中選出一個最恰當的答案。

### 櫻花咖啡廳

Ａ　早餐特餐（08：00～11：30）

・兒童餐【麵包、蛋、沙拉、果汁】350圓

・匆忙套餐【麵包、蛋、水果、咖啡或紅茶】 400圓（推薦給趕時間的客人選用）

・悠閒套餐【麵包、蛋、沙拉、水果、咖啡或紅茶（可續杯）】 500圓（歡迎可以悠閒用餐的客人選用）

### 櫻花咖啡廳

Ｂ　500圓午餐（11：30～14：00）

| 星期一 | 星期二 | 星期三 | 星期四 | 星期五 | 星期六 | 星期日 |
| --- | --- | --- | --- | --- | --- | --- |
| 咖哩 | 牛肉蓋飯 | 三明治 | 烤魚 | 漢堡排 | 烏龍麵 | 牛排 |

點500圓午餐的客人，可以享有下列的飲料、沙拉、蛋糕加點優惠。

＋100圓　飲料（咖啡或紅茶）

＋150圓　飲料（咖啡或紅茶）、沙拉

＋200圓　飲料（咖啡或紅茶）、蛋糕

Answer 2

**34** 朝、会社に行く前はあまり時間がありません。そんなとき、どれを注文するといいですか。

1 お子さまコース

2 お急ぎコース

3 ゆっくりコース

4 サンドイッチ

**34** 早上上班前沒什麼時間。請問像這種時候，應該要點哪個套餐好呢？

1 兒童餐

2 匆忙套餐

3 悠閒套餐

4 三明治

Answer 3

**35** 日曜日のお昼に、家族3人でさくら喫茶で食事をしました。わたしと家内は500円ランチに紅茶を追加しましたが、子どもは甘いものも食べたいと言ったので、少し多くお金がかかりました。3人でいくら払いましたか。

1 400円

2 1750円

3 1900円

4 2000円

**35** 星期日中午，一家三口一起在櫻花咖啡廳吃飯。我和太太都點了500圓午餐，再加點紅茶，小孩因為想吃甜食，所以多付了點錢。請問三人總共付了多少錢呢？

1 400 圓

2 1750 圓

3 1900 圓

4 2000 圓

這一大題有兩張菜單介紹，Ａ是早餐，Ｂ是午餐。必須依據題目的條件從表格中找出答案。這一題問題限定「朝」（早上），所以要看Ａ菜單。

題目問的是「そんなとき、どれを注文するといいですか」（像這種時候，應該要點哪個套餐好呢），這個「そんなとき」運用「そ」開頭的指示詞，指的是前面提到的「会社に行く前はあまり時間がありません」（上班前沒什麼時間）這個情況，這就是解題關鍵。上班前沒什麼時間，意思就是很匆忙，Ａ裡面剛好有提到「急いでいるお客様は、こちらをどうぞ」（推薦給趕時間的客人選用），建議趕時間的客人點「お急ぎコース」（匆忙套餐）。因此正確答案是２。

> 「おかわり」是「再來一份」的意思，「おかわり自由」是「免費再續」的意思。

這一題時間限定「お昼」（中午），所以要看Ｂ菜單，並掌握人數和點餐的內容，由於問題問的是「いくら」（多少錢），所以還要計算付帳金額。

用餐人數是三人，也就是說點了三份餐，每份都是500圓。

另外，敘述中提到「わたしと家内は500円ランチに紅茶を追加しました」（我和太太都點了500圓午餐，再加點紅茶）可知加點了兩杯紅茶，飲料一杯100圓。

> 「家内」（內人）用來在外人面前稱呼自己的太太。

最後，因為「子どもは甘いものも食べたいと言った」（小孩因為想吃甜食），所以又加點一份甜食，也就是一份含有蛋糕的200圓附餐。計算如下：

主餐三份：500×3＝1500。飲料兩份：100×2＝200。甜點一份：200×1＝200。總計：1500＋200＋200＝1900，由此可知正確答案是３。

つぎのＡ「林さんから陳さんへのメール」とＢのパンフレットを見て、質問に答えてください。答えは、１・２・３・４からいちばんいいものを一つえらんでください。

34 あしたの授業のあと、二人が遊びに行くことができる場所はどこですか。

1 陳さんの家

2 さくら美術館

3 ひまわり公園

4 コスモスデパート

35 陳さんは、今度の土曜日か日曜日に、さくら美術館に行きたいと思っています。陳さんはいちばん遅くて何時までに美術館に着かなければいけませんか。

1 午後５時半

2 午後６時

3 午後７時半

4 午後８時

## A 林さんから陳さんへのメール

陳さんへ
あしたは水曜日なので、授業は5時半までですね。
家に帰る前に、どこかへ遊びに行きませんか。

林

## B パンフレット

### さくら美術館
火曜日～金曜日：午前9時半～午後6時（中に入れるのは30分前まで）
土曜日・日曜日：午前9時半～午後8時（中に入れるのは30分前まで）
休み：毎週月曜日

★いろいろな絵を見ることができます。

### ひまわり公園
月曜日・火曜日・木曜日：午前8時～午後8時
金曜日～日曜日：午前8時～午後11時
休み：毎週水曜日

★今週の金曜日からプールが始まります。

### コスモスデパート
月曜日～木曜日：午前10時～午後8時
金曜日～日曜日：午前10時～午後9時
休みはありません。

★今週の水曜日から土曜日まで、洋服が安いです。

# Ⅲ 応用編　Reading

つぎのA「林さんから陳さんへのメール」とBのパンフレットを見て、質問に答えてください。答えは、1・2・3・4からいちばんいいものを一つえらんでください。

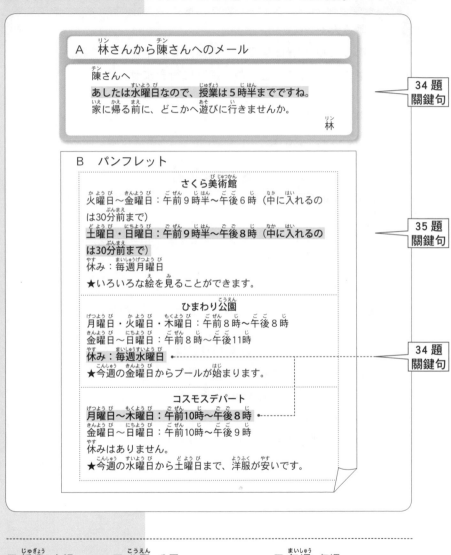

A　林さんから陳さんへのメール

陳さんへ
あしたは水曜日なので、授業は5時半までですね。
家に帰る前に、どこかへ遊びに行きませんか。
　　　　　　　　　　　　　　　　　　　　　林

34題
關鍵句

B　パンフレット

**さくら美術館**
火曜日～金曜日：午前9時半～午後6時（中に入れるのは30分前まで）
土曜日・日曜日：午前9時半～午後8時（中に入れるのは30分前まで）
休み：毎週月曜日
★いろいろな絵を見ることができます。

35題
關鍵句

**ひまわり公園**
月曜日・火曜日・木曜日：午前8時～午後8時
金曜日～日曜日：午前8時～午後11時
休み：毎週水曜日
★今週の金曜日からプールが始まります。

34題
關鍵句

**コスモスデパート**
月曜日～木曜日：午前10時～午後8時
金曜日～日曜日：午前10時～午後9時
休みはありません。
★今週の水曜日から土曜日まで、洋服が安いです。

---

□ 授業　上課
□ 遊ぶ　遊玩
□ 場所　地方
□ 美術館　美術館
□ 公園　公園
□ 着く　到達
□ パンフレット【pamphlet】
　導覧手冊
□ 毎週　毎週
□ 今週　本週
□ プール【pool】　游泳池
□ 洋服　服装；西装

請閱讀下列的A「林同學寄給陳同學的電子郵件」和B的導覽手冊並回答問題。請從選項1・2・3・4當中選出一個最恰當的答案。

---

### A　林同學寄給陳同學的電子郵件

陳同學：

明天是星期三，課只上到5點半吧？
回家之前要不要去哪裡玩玩呢？

林

---

### B　導覽手冊

#### 櫻花美術館

週二～週五：上午9點半～下午6點(最後入場時間是閉館前30分鐘)
週六～週日：上午9點半～晚上8點(最後入場時間是閉館前30分鐘)
休館日：每週一

★可以參觀許多畫作。

#### 向日葵公園

週一、週二、週四：上午8點～晚上8點
週五～週日：上午8點～晚上11點
休園日：每週三

★自本週五開始開放游泳池。

#### 波斯菊百貨

週一～週四：上午10點～晚上8點
週五～週日：上午10點～晚上9點
全年無休。

★本週三至週六服裝有特價。

-------------------------------------------------------------- Answer **4**

**34** あしたの授業のあと、二人が遊びに行くことができる場所はどこですか。

1　陳さんの家

2　さくら美術館

3　ひまわり公園

4　コスモスデパート

**34** 請問明天下課後，這兩人能去哪裡玩呢？

1　陳同學家

2　櫻花美術館

3　向日葵公園

4　波斯菊百貨

-------------------------------------------------------------- Answer **3**

**35** 陳さんは、今度の土曜日か日曜日に、さくら美術館に行きたいと思っています。陳さんはいちばん遅くて何時までに美術館に着かなければいけませんか。

1　午後5時半

2　午後6時

3　午後7時半

4　午後8時

**35** 陳同學這個禮拜六或禮拜日想去櫻花美術館。請問他最晚必須幾點到美術館呢？

1　下午5點半

2　晚上6點

3　晚上7點半

4　晚上8點

解題攻略

　　從A可以得知三件事：「あしたは水曜日」（明天是禮拜三）、「授業は５時半まで」（明天的課上到５點半）、「どこかへ遊びに行きませんか」（要不要去哪裡玩玩呢）。林同學提議要去其他地方玩，所以選項1「陳さんの家」（陳同學家）是錯的。

　　這一題的時間條件是「あしたの授業のあと」（明天下課後），所以必須知道下課的時間才能從B部分找出答案。

　　對照B部分的時候要注意是否是週三下午５點半後可以入場的地方。「さくら美術館」（櫻花美術館）週三的營業時間是9：30～18：00，不過最後入場時間是30分鐘前（17：30），這時兩人才剛下課，勢必趕不上，所以選項2是錯的。

　　「ひまわり公園」（向日葵公園）禮拜三正好沒開放，所以也不能去。

　　「コスモスデパート」（波斯菊百貨）週三的營業時間是10：00～20：00，正確答案是４。

　　這一題的時間條件是「土曜日か日曜日」（禮拜六或禮拜日），地點條件是「さくら美術館」（櫻花美術館），所以只要看櫻花美術館週六和週日的時間就好。

　　從B可以得知美術館週末開放時間是9：30～20：00，問題問「いちばん遅くて何時までに美術館に着かなければいけませんか」（最晚必須幾點到美術館呢），這句話對應「中に入れるのは30分前まで」（最後入場時間是閉館前30分鐘），也就是說最晚必須於19：30入場，正確答案是3。

補充單字 休閒、旅遊

□ 遊び 遊玩；不做事
□ 予約 預約
□ 出発 出發；開始

□ 案内 引導；陪同遊覽
□ 見物 觀光，參觀
□ 景色 景色，風景

□ 旅館 旅館
□ 泊まる 住宿；停泊
□ お土産 當地名產；禮物

つぎの「駐車場のご利用案内」を見て、質問に答えてください。答えは、1・2・3・4からいちばんいいものを一つえらんでください。

**34** 木村<ruby>木<rt>き</rt>村<rt>むら</rt></ruby>さんがもらうことができる「無料駐車券<ruby>無<rt>む</rt>料<rt>りょう</rt>駐<rt>ちゅう</rt>車<rt>しゃ</rt>券<rt>けん</rt></ruby>」はどれですか。

1　1時間<ruby>時<rt>じ</rt>間<rt>かん</rt></ruby>の無料駐車券<ruby>無<rt>む</rt>料<rt>りょう</rt>駐<rt>ちゅう</rt>車<rt>しゃ</rt>券<rt>けん</rt></ruby>

2　2時間<ruby>時<rt>じ</rt>間<rt>かん</rt></ruby>の無料駐車券<ruby>無<rt>む</rt>料<rt>りょう</rt>駐<rt>ちゅう</rt>車<rt>しゃ</rt>券<rt>けん</rt></ruby>

3　3時間<ruby>時<rt>じ</rt>間<rt>かん</rt></ruby>の無料駐車券<ruby>無<rt>む</rt>料<rt>りょう</rt>駐<rt>ちゅう</rt>車<rt>しゃ</rt>券<rt>けん</rt></ruby>

4　もらえない

**35** 木村<ruby>木<rt>き</rt>村<rt>むら</rt></ruby>さんは買い物<ruby>買<rt>か</rt>い物<rt>もの</rt></ruby>に全部<ruby>全<rt>ぜん</rt>部<rt>ぶ</rt></ruby>で4時間<ruby>時<rt>じ</rt>間<rt>かん</rt></ruby>かかってしまいました。木村<ruby>木<rt>き</rt>村<rt>むら</rt></ruby>さんは駐車料金<ruby>駐<rt>ちゅう</rt>車<rt>しゃ</rt>料<rt>りょう</rt>金<rt>きん</rt></ruby>をいくら払わ<ruby>払<rt>はら</rt></ruby>なければなりませんか。

1　300円<ruby>円<rt>えん</rt></ruby>

2　1000円<ruby>円<rt>えん</rt></ruby>

3　2000円<ruby>円<rt>えん</rt></ruby>

4　払わ<ruby>払<rt>はら</rt></ruby>なくてもいい

木村さんは、車でやまとデパートに買い物に行きました。デパートでは最初にくつを見に行きました。いいくつがありましたが、3000円は高いと思ったので買いませんでした。それから、1500円のシャツを買って、次に1800円のセーターを買いました。そのあと、おなかがすいたので、レストランで1000円の焼き魚定食を食べました。最後に、スーパーで1200円のワインを1本買いました。

## ★やまとデパート駐車場のご利用案内

● 駐車料金：1時間300円

● 「無料駐車券」のご案内

▲ 1000円以上お買い物をした方には、1時間の「無料駐車券」を差し上げます。

▲ 3000円以上お買い物をした方には、2時間の「無料駐車券」を差し上げます。

▲ 5000円以上お買い物をした方には、3時間の「無料駐車券」を差し上げます。

▲ レシートを1階の案内所へお持ちください。

▲ 無料駐車券の時間より長く駐車場をご利用の場合は、過ぎた時間の分の料金を払ってください。

---

つぎの「駐車場のご利用案内」を見て、質問に答えてください。答えは、1・2・3・4からいちばんいいものを一つえらんでください。

木村<ruby>さんは、車<rt>くるま</rt></ruby>でやまとデパートに<ruby>買<rt>か</rt></ruby>い<ruby>物<rt>もの</rt></ruby>に<ruby>行<rt>い</rt></ruby>きました。デパートでは<ruby>最初<rt>さいしょ</rt></ruby>にくつを<ruby>見<rt>み</rt></ruby>に<ruby>行<rt>い</rt></ruby>きました。いいくつがありましたが、3000<ruby>円<rt>えん</rt></ruby>は<ruby>高<rt>たか</rt></ruby>いと<ruby>思<rt>おも</rt></ruby>ったので<ruby>買<rt>か</rt></ruby>いませんでした。それから、1500<ruby>円<rt>えん</rt></ruby>のシャツを<ruby>買<rt>か</rt></ruby>って、<ruby>次<rt>つぎ</rt></ruby>に1800<ruby>円<rt>えん</rt></ruby>のセーターを<ruby>買<rt>か</rt></ruby>いました。そのあと、おなかがすいたので、レストランで1000<ruby>円<rt>えん</rt></ruby>の<ruby>焼<rt>や</rt></ruby>き<ruby>魚定食<rt>ざかなていしょく</rt></ruby>を<ruby>食<rt>た</rt></ruby>べました。<ruby>最後<rt>さいご</rt></ruby>に、スーパーで1200<ruby>円<rt>えん</rt></ruby>のワインを1<ruby>本<rt>ぼん</rt></ruby><ruby>買<rt>か</rt></ruby>いました。

*34題 関鍵句*

### ★やまとデパート<ruby>駐車場<rt>ちゅうしゃじょう</rt></ruby>のご<ruby>利用案内<rt>りようあんない</rt></ruby>

● <ruby>駐車料金<rt>ちゅうしゃりょうきん</rt></ruby>：1<ruby>時間<rt>じかん</rt></ruby>300<ruby>円<rt>えん</rt></ruby>

● 「<ruby>無料駐車券<rt>むりょうちゅうしゃけん</rt></ruby>」のご<ruby>案内<rt>あんない</rt></ruby>

*35題 関鍵句*

▲ 1000<ruby>円以上<rt>えんいじょう</rt></ruby>お<ruby>買<rt>か</rt></ruby>い<ruby>物<rt>もの</rt></ruby>をした<ruby>方<rt>かた</rt></ruby>には、1<ruby>時間<rt>じかん</rt></ruby>の「<ruby>無料<rt>むりょう</rt></ruby><ruby>駐車券<rt>ちゅうしゃけん</rt></ruby>」を<ruby>差<rt>さ</rt></ruby>し<ruby>上<rt>あ</rt></ruby>げます。

▲ 3000<ruby>円以上<rt>えんいじょう</rt></ruby>お<ruby>買<rt>か</rt></ruby>い<ruby>物<rt>もの</rt></ruby>をした<ruby>方<rt>かた</rt></ruby>には、2<ruby>時間<rt>じかん</rt></ruby>の「<ruby>無料<rt>むりょう</rt></ruby><ruby>駐車券<rt>ちゅうしゃけん</rt></ruby>」を<ruby>差<rt>さ</rt></ruby>し<ruby>上<rt>あ</rt></ruby>げます。

▲ 5000<ruby>円以上<rt>えんいじょう</rt></ruby>お<ruby>買<rt>か</rt></ruby>い<ruby>物<rt>もの</rt></ruby>をした<ruby>方<rt>かた</rt></ruby>には、3<ruby>時間<rt>じかん</rt></ruby>の「<ruby>無料<rt>むりょう</rt></ruby><ruby>駐車券<rt>ちゅうしゃけん</rt></ruby>」を<ruby>差<rt>さ</rt></ruby>し<ruby>上<rt>あ</rt></ruby>げます。

*34.35題 関鍵句*

▲ レシートを1<ruby>階<rt>かい</rt></ruby>の<ruby>案内所<rt>あんないじょ</rt></ruby>へお<ruby>持<rt>も</rt></ruby>ちください。

▲ <ruby>無料駐車券<rt>むりょうちゅうしゃけん</rt></ruby>の<ruby>時間<rt>じかん</rt></ruby>より<ruby>長<rt>なが</rt></ruby>く<ruby>駐車場<rt>ちゅうしゃじょう</rt></ruby>をご<ruby>利用<rt>りよう</rt></ruby>の<ruby>場合<rt>ばあい</rt></ruby>は、<ruby>過<rt>す</rt></ruby>ぎた<ruby>時間<rt>じかん</rt></ruby>の<ruby>分<rt>ぶん</rt></ruby>の<ruby>料金<rt>りょうきん</rt></ruby>を<ruby>払<rt>はら</rt></ruby>ってください。

*35題 関鍵句*

---

□ シャツ【shirt】 襯衫

□ セーター【sweater】 毛衣

□ ワイン【wine】 紅酒

□ ご<ruby>利用案内<rt>りようあんない</rt></ruby> 使用說明

□ <ruby>無料<rt>むりょう</rt></ruby> 免費

□ <ruby>駐車券<rt>ちゅうしゃけん</rt></ruby> 停車券

□ <ruby>差<rt>さ</rt></ruby>し<ruby>上<rt>あ</rt></ruby>げる 贈送；給予

□ レシート【receipt】 收據；發票

□ <ruby>案内所<rt>あんないじょ</rt></ruby> 詢問處

□ <ruby>過<rt>す</rt></ruby>ぎる 超出；超過

□ かかる 花費（時間、金錢）

□ <ruby>駐車料金<rt>ちゅうしゃりょうきん</rt></ruby> 停車費

請閱讀下列的「停車場使用說明」並回答問題。請從選項 1・2・3・4 當中選出一個最恰當的答案。

木村先生開車去大和百貨買東西。在百貨公司裡，他最先去看鞋子。雖然有看到不錯的，但他覺得 3000 圓很貴，所以沒買。接著他買了 1500 圓的襯衫，然後買了 1800 圓的毛衣。之後他肚子餓了，就在餐廳吃了 1000 圓的烤魚定食。最後他在超市買了一瓶 1200 圓的紅酒。

## ★大和百貨停車場使用說明

● 停車費：一小時300圓
●「免費停車券」的說明

▲ 消費滿1000圓的顧客，將贈送1小時的「免費停車券」。
▲ 消費滿3000圓的顧客，將贈送2小時的「免費停車券」。
▲ 消費滿5000圓的顧客，將贈送3小時的「免費停車券」。
▲ 請攜帶收據至1樓詢問處。
▲ 使用「免費停車券」若超出規定時間，請補上超時費用。

---------------------------------------------------------------- Answer 3

**34** 木村さんがもらうことができ
　　る「無料駐車券」はどれです
　　か。
1　1時間の無料駐車券
2　2時間の無料駐車券
3　3時間の無料駐車券

4　もらえない。

**34** 請問木村先生可以得到哪張
　　「免費停車券」？

1　1小時的免費停車券
2　2小時的免費停車券
3　3小時的免費停車券
4　沒辦法得到

---------------------------------------------------------------- Answer 1

**35** 木村さんは買い物に全部で4
　　時間かかってしまいました。
　　木村さんは駐車料金をいくら
　　払わなければなりませんか。
　　　　　　　└文法詳見 P190
1　300円
2　1000円
3　2000円
4　払わなくてもいい
　　└文法詳見 P190

**35** 木村先生一共花了4個小時購
　　物。請問木村先生必須付多少
　　錢的停車費呢？

1　300圓
2　1000圓
3　2000圓
4　不用付

解題攻略

　　這一題要先算出木村先生購物的總金額，再比對公告找出他能獲得哪種免費停車券。

　　「くつ」（鞋子）是這一題的陷阱，要注意「3000円は高いと思ったので買いませんでした」（但他覺得3000圓很貴，所以沒買）這一句，指出他沒有買鞋子。從短文中可以得知木村先生買了「シャツ」（襯衫）1500圓、「セーター」（毛衣）1800圓、「焼き魚定食」（烤魚定食）1000圓、「ワイン」（紅酒）1200圓。總計：1500+1800+1000+1200＝5500。

　　從公告中可以知道消費1000圓以上可以兌換1小時免費停車券、消費3000圓以上可以兌換2小時免費停車券、消費5000圓以上可以兌換3小時免費停車券。

　　木村先生共花了5500圓，可以獲得一張3小時的免費停車券。正確答案是3。

> 　　文章裡面提到了好幾個動作，以「最初」（首先）來表示第一個行動，中間用「それから」（接著）、「そのあと」（之後）等等來串連許多行動，最後用「最後に」（最後）來做結。這些接續詞可以幫助理解事情發生的順序，有時甚至是解題的關鍵，所以一定要記熟。

　　從上一題可以得知木村先生拿到的是3小時的免費停車券，不過木村先生的購物時間是4個小時，超過了一小時。

　　公告最後一點提到：「無料駐車券の時間より長く駐車場をご利用の場合は、過ぎた時間の分の料金を払ってください」（使用「免費停車券」若超出規定時間，請補上超時費用），表示超時的話要付超時部分的費用。從「駐車料金：1時間300円」（停車費：一小時300圓）這邊可以得知一個小時的停車費是300圓，所以木村先生還要再付300圓才行。正確答案是1。

補充單字　數量

□ 以下（いか）　不到…；在…以下
□ 以內（いない）　不超過…；以內
□ 以上（いじょう）　超過；上述
□ 足す（たす）　補足，增加
□ 足りる（たりる）　足夠；可湊合
□ 多い（おおい）　多的
□ 少ない（すくない）　少

## 📖 文法と萬用句型

【動詞否定形】＋なければ
ならない。表示無論是自己
或對方，從社會常識或事情
的性質來看，不那樣做就不
合理，有義務要那樣做。

**①** ＿＿＿＿＋なければならない

必須…、應該…

**例句** 医者になるためには国家試験に
合格しなければならない。

想當醫生，就必須通過國家考試。

---

【動詞否定形（去い）】＋
くてもいい。表示允許不必
做某一行為，也就是沒有必
要，或沒有義務做前面的動
作。

**②** ＿＿＿＿＋なくてもいい

不…也行、用不著…也可以

**例句** 暖房をつけなくてもいいです。

不開暖氣也可以。

〔替換單字・短句〕
□ 電気をつけ　開電燈
□ 窓をあけ　開窗
□ ドアをしめ　關門

## 📖 小知識大補帖

▶「なければならない」補充說明

關於文法「なければならない」，表示疑問時，可用「なければなりませんか」。
例如：

「パスポートの申請は、本人が来なければなりませんか。」

（請問申辦護照一定要由本人親自到場辦理嗎？）

另外，「なければ」的口語縮約形為「なきゃ」。有時「なければならない」也會
簡化只說「なきゃ」，並將後面省略掉。
例如：

「この本は明日までに返さなきゃ。」

（必須在明天以前歸還這本書。）

註：原句為「この本は明日までに返さなければならない。」

### ▶ 赴日購物小撇步

　　東京和大阪等大城市物價大致相同，而地方的小城市相對的物價會比較便宜，上下浮動在 20% 左右，不過必須另外再加上 8% 的消費稅。8% 的消費稅不算便宜，如果想要省錢，可以在商店舉辦折扣活動的時候前往採購，活動期間只要利用悠遊卡、官網折扣券或是 VISA 卡就能免稅再享 5% 的優惠。

　　另一個省錢的方法就是殺價了！雖然日本的百貨公司很難殺價，但在專賣店就比較容易了。日本有很多專賣店，販售的商品內容就如商店的名稱，像是：麵包、鮮花、鐘錶、服裝、文具、書籍、肉類、蔬果等，殺價幅度大約在 20% 以內。既然到了日本，不妨試試用日文跟店家殺價，如果成功了一定很有趣！

殺價萬用句：

　　「ちょっと高いですね。」（有點貴呢。）
　　「安くしてください。」（請算便宜一點。）
　　「安くしてくれませんか。」（可以算我便宜一點嗎？）
　　「1000 円でいいですか。」（可以算 1000 圓嗎？）
　　「ふたつ 1500 円でいいですか。」（可以兩個算 1500 圓嗎？）

### ▶ 關於租車

　　如果要去的地方不能搭公車或地鐵，可以選擇搭計程車或租車。自 2007 年開始台日雙邊承認駕照，持有台灣駕照以及其翻譯就可以在日本開車了。在日本的機場、各大城市、車站和著名旅遊區附近都有租車公司。由於日本車輛是靠左行駛，方向盤在右側，因此在日本開車時必須特別留意。另外，日本租車通常不收現金，而是像飯店一樣必須預先刷卡，如果超時、沒有加滿油或車輛受損，就會被追加費用。

つぎの「ケーキ教室」のお知らせを見て、質問に答えてください。答えは、1・2・3・4からいちばんいいものを一つえらんでください。

**34** 里香さんはこのケーキ教室に行きたいです。まず何をしなければいけませんか。

1 先生に電話する。

2 お日さまビルに行く。

3 ケーキを作る。

4 佐藤さんに電話する。

**35** 里香さんのお母さんもこの教室に行きたいです。里香さんはケーキを作ったことがありませんが、お母さんは時々作ります。二人はどの教室に行ったほうがいいですか。

1 里香さんはA教室、お母さんはB教室

2 里香さんはB教室、お母さんはA教室

3 里香さんはA教室、お母さんもA教室

4 里香さんはB教室、お母さんもB教室

チャレンジ編

STEP 1

STEP 2

応用編

# 「お日さまケーキ教室」

7月30日（土）10：00〜14：00
場所　お日さまビル3階　A教室とB教室

「お日さまケーキ教室」では、ケーキの作り方を先生がお教
えします。

| 場所 | 先生 | ケーキ | 料金 |
|------|------|--------|------|
| A教室 | 山本裕子先生 | チーズケーキ | 1500円 |
| B教室 | 田中弓枝先生 | チョコレートケーキ | 2000円 |

① 初めてケーキを作る人には「チーズケーキ」のほうが
簡単なので、そちらに参加してください。
② 30日は、教室に9時半までに来てください。
③ 料金は30日の授業が始まる前に教室で払ってください。

参加希望の方は28日までに、佐藤にお電話ください。
佐藤静子　　03-○○○○-▲▲▲▲

つぎの「ケーキ教室」のお知らせを見て、質問に答えてください。答えは、1・2・3・4からいちばんいいものを一つえらんでください。

---

### 「お日さまケーキ教室」

7月30日（土）10：00～14：00
場所　お日さまビル3階　A教室とB教室

「お日さまケーキ教室」では、ケーキの作り方を先生がお教えします。

| 場所 | 先生 | ケーキ | 料金 |
|---|---|---|---|
| A教室 | 山本裕子先生 | チーズケーキ | 1500円 |
| B教室 | 田中弓枝先生 | チョコレートケーキ | 2000円 |

① 初めてケーキを作る人には「チーズケーキ」のほうが簡単なので、そちらに参加してください。

② 30日は、教室に9時半までに来てください。

③ 料金は30日の授業が始まる前に教室で払ってください。

参加希望の方は28日までに、佐藤にお電話ください。
佐藤静子　03-○○○○-▲▲▲▲

35題
關鍵句

34題
關鍵句

---

□ ケーキ教室【cake教室】蛋糕教室

□ まず　首先

□ ビル【building之略】大樓

□ 時々　有時候

□ お日さま　太陽

□ チーズ【cheese】起司

□ チョコレート【chocolate】巧克力

□ 初めて　第一次

□ 参加　参加

□ ～までに　在…之前

□ ～前に　…前

□ 希望　希望；欲…

請閱讀下列的「蛋糕教室」的公告並回答問題。請從選項1・2・3・4當中選出一個最恰當的答案。

## 「太陽蛋糕教室」

7月30日（六）10：00〜14：00

地點　太陽大樓3樓　A教室及B教室

在「太陽蛋糕教室」，老師會教你如何製作蛋糕。

| 地點 | 老師 | 蛋糕 | 費用 |
|------|------|------|------|
| A教室 | 山本裕子老師 | 起司蛋糕 | 1500圓 |
| B教室 | 田中弓枝老師 | 巧克力蛋糕 | 2000圓 |

① 「起司蛋糕」做法比較簡單，所以請第一次做蛋糕的人來參加這場。
② 30日當天，請在9點半前來教室。
③ 費用請在30日當天上課前在教室付款。

想報名參加的人請在28日前致電佐藤。

佐藤靜子　　03-○○○○-▲▲▲▲

---

Answer 4

34 里香さんはこのケーキ教室に行きたいです。まず何をしなければいけませんか。

1 先生に電話する。

2 お日さまビルに行く。

3 ケーキを作る。

4 佐藤さんに電話する。

34 里香想去這個蛋糕教室。請問她首先必須要做什麼呢？

1 打電話給老師。

2 去太陽大樓。

3 做蛋糕。

4 打電話給佐藤。

---

Answer 1

35 里香さんのお母さんもこの教室に行きたいです。里香さんはケーキを作ったことがありませんが、お母さんは時々作ります。二人はどの教室に行ったほうがいいですか。

1 里香さんはA教室、お母さんはB教室

2 里香さんはB教室、お母さんはA教室

3 里香さんはA教室、お母さんもA教室

4 里香さんはB教室、お母さんもB教室

35 里香的媽媽也想去上這個課程。里香沒有做過蛋糕，不過媽媽有時會做。請問兩人應該去上哪堂課才好呢？

1 里香去 A 教室，媽媽去 B 教室

2 里香去 B 教室，媽媽去 A 教室

3 里香去 A 教室，媽媽去 A 教室

4 里香去 B 教室，媽媽去 B 教室

解題攻略

傳單共出現4次「〜てください」（請…）：

「１・初めてケーキを作る人には「チーズケーキ」のほうが簡単なので、そちらに参加してください」（「起司蛋糕」做法比較簡單，所以請第一次做蛋糕的人來參加這場）

「２・30日は、教室に９時半までに来てください」（30日當天，請在9點半前來教室）

「３・料金は30日の授業が始まる前に教室で払ってください」（30日當天，請在9點半前來教室）

「参加希望の方は28日までに、佐藤にお電話ください」（想報名參加的人請在28日前致電佐藤）

由此可知排序後依序是「佐藤さんに電話して参加を申し込む→教室に来る→料金を払う」（致電佐藤報名參加→前來教室→付款），所以里香最先要做的事情應該是打電話給佐藤小姐報名參加。正確答案是４。

這一題問的是「まず何をしなければいけませんか」（首先必須要做什麼呢），可見題目中應該會出現規定、要求等字句，像是「〜てください」（請…）句型。此外，如果「まず」（首先）出現的話就要注意事情的先後順序。

這一題題目問的是「二人はどの教室に行ったほうがいいですか」（兩人應該去上哪堂課才好呢），關於課程的選擇請看①：「初めてケーキを作る人には「チーズケーキ」のほうが簡単なので、そちらに参加してください」（「起司蛋糕」做法比較簡單，所以請第一次做蛋糕的人來參加這場）。

問題中提到里香「ケーキを作ったことがありません」（沒有做蛋糕的經驗），也就是說她是「初めてケーキを作る」（第一次做蛋糕），像這樣的人建議參加「チーズケーキ」（起司蛋糕）的課程，也就是A教室。所以選項２、４都是錯的。

里香的媽媽「時々（ケーキを）作ります」（有時會做），所以她不是第一次做蛋糕，因此媽媽可以去上「チョコレートケーキ」（巧克力蛋糕）的課程，也就是B教室。正確答案是１。

🕗 小知識大補帖 ────────────────────────

▶ **各式甜點的日語怎麼說？**

「デザート」（甜點）可是大有學問！除了文章中的「チーズケーキ」（起司蛋糕）、
「チョコレートケーキ」（巧克力蛋糕）之外，還有什麼常見的甜點呢？
「プチケーキ」（一口蛋糕）
「スフレ」（舒芙蕾）
「クレープ」（可麗餅）
「エッグタルト」（蛋塔）
「パンナコッタ」（奶酪）
「クレームブリュレ」（焦糖布丁）

## ▶ 休閒活動

子どもとテレビゲームをやります。

跟小孩玩電動。

一人で音楽を聴きます。

獨自一人聽音樂。

日本のテレビドラマにはまっています。

沉迷於日本的電視連續劇。

カラオケに行きましょう。

去唱卡拉 OK 吧！

明日の飲み会、楽しみですね。

真期待明天的聚會啊！

映画を見たいです。

我想看電影。

毎朝、家の前の公園で運動をします。

我每天早上都會去家門前的公園運動。

犬と公園を散歩してきました。

我帶小狗去公園散步回來了。

山田さんは毎日、公園の掃除をしているそうです。

聽說山田先生每天都去打掃公園。

友だちには毎週会います。

我和朋友每星期都會見面。

週一度ぐらい、テニスをします。

我每星期大約會打一次網球。

買い物へは月に二度ほど行きます。

我每個月會去購物兩次左右。

## ▶ 學校生活

私は高校生です。

我是高中生。

今年6年生になります。

今年升上了六年級。

朝5時から6時までが私の勉強の時間です。

早上五點到六點是我的讀書時間。

学校までどのぐらいかかりますか。

請問大約要多久才會到達學校呢？

歩いて30分ぐらいです。

走路過去大約三十分鐘。

私の教室は2階にあります。

我的教室在二樓。

教室の中には誰もいなかった。

教室裡誰也不在。

今日の勉強を始めましょう。

開始今天的課程吧！

あの先生の授業は面白くない。

那位老師的授課很無聊。

今日の授業は英語と歴史だ。

今天要上英文跟歷史課。

英語を少し話せますが、書くのは難しいです。

雖然會説一點英語，但還不太會寫。

遠藤くんは英語が上手です。

遠藤同學的英文很流利。

カタカナが苦手<ruby>苦手<rt>にがて</rt></ruby>です。

カタカナが苦手<rt>にがて</rt>です。

我不太會辨識片假名。

ノートを貸<rt>か</rt>してください。

借我筆記本一下。

昨日<rt>きのう</rt>の授業<rt>じゅぎょう</rt>を休<rt>やす</rt>んでしまいました。

我昨天請了假，沒有上課。

テニスサークルに入<rt>はい</rt>りたい。

我想加入網球社。

試験<rt>しけん</rt>まであと三日<rt>みっか</rt>しかない。

距離考試只剩下三天。

今日一日<rt>きょういちにち</rt>を図書館<rt>としょかん</rt>で過<rt>す</rt>ごしました。

今天一整天都待在圖書館。

今年<rt>ことし</rt>に入<rt>はい</rt>って成績<rt>せいせき</rt>が上<rt>あ</rt>がってきた。

從今年開始成績變好了。

いくら練習<rt>れんしゅう</rt>しても上手<rt>じょうず</rt>にならない。

不管練習多少次都沒有進步。

３年間<rt>ねんかん</rt>日本語<rt>にほんご</rt>を勉強<rt>べんきょう</rt>しました。

我學過三年日文。

毎日<rt>まいにち</rt>新<rt>あたら</rt>しい漢字<rt>かんじ</rt>を五<rt>いつ</rt>つ覚<rt>おぼ</rt>える。

每天背五個漢字生詞。

宿題<rt>しゅくだい</rt>に３時間<rt>じかん</rt>もかかった。

花了長達三小時寫作業。

ご卒業<rt>そつぎょう</rt>おめでとうございます。

恭喜畢業！

## ▶ 音樂

いいレコードを持っていませんか。
請問有沒有好聽的音樂唱片？

喫茶店にピアノの音楽が流れていました。
咖啡廳裡播放著鋼琴演奏音樂。

その歌を聞くとなぜか泣きたくなります。
我每次聽到那首歌，總會不自覺地想流眼淚。

明るい音楽を聴くと気持ちも明るくなる。
聽輕快的音樂時心情也會跟著快樂起來。

音楽にあわせて踊った。
配合音樂節奏跳了舞。

音楽への熱い思いを日記に書いた。
在日記裡寫下了對音樂的熱愛。

ピアノコンサートに行きましょう。
我們去聽鋼琴演奏會吧。

古いジャズのレコードを集めています。
我正在蒐集爵士樂的老唱片。

日曜日には教会でオルガンを弾きます。
我星期天會去教會彈奏風琴。

口を大きく開けて歌いましょう。
我們一起大聲唱歌吧！

MEMO

# 出擊！
# 日語閱讀自學大作戰
中階版 Step 2

［25K］

【日語神器 06】

■ 發行人／**林德勝**

■ 著者／**吉松由美、田中陽子**

■ 出版發行／**山田社文化事業有限公司**
地址　臺北市大安區安和路一段112巷17號7樓
電話　02-2755-7622　02-2755-7628
傳真　02-2700-1887

■ 郵政劃撥／**19867160號　大原文化事業有限公司**

■ 總經銷／**聯合發行股份有限公司**
地址　新北市新店區寶橋路235巷6弄6號2樓
電話　02-2917-8022
傳真　02-2915-6275

■ 印刷／**上鎰數位科技印刷有限公司**

■ 法律顧問／**林長振法律事務所　林長振律師**

■ 書／**定價　新台幣 320 元**

■ 初版／**2018年 10 月**

# STS

山田社

# STS

山田社